MUSEUM

컬렉션으로 보는
박물관 수업

컬렉션으로 보는 박물관 수업

1판 1쇄 인쇄 2021년 11월 1일
1판 1쇄 발행 2021년 11월 11일

지은이 황윤
펴낸이 김현정
펴낸곳 책읽는고양이 / 도서출판리수

등록 제4-389호(2000년 1월 13일)
주소 서울시 성동구 행당로 76 110호
전화 2299-3703
팩스 2282-3152
홈페이지 www.risu.co.kr
이메일 risubook@hanmail.net

© 2021, 황윤
ISBN 979-11-86274-88-0 03810

MUSEUM

일상이뮤지엄01

컬렉션으로 보는

박물관 수업

황윤의 세계 박물관 여행

책읽는고양이

프롤로그

어느 날 스마트폰으로 뉴스를 보니, 2021년 1월에
국제 신용평가회사 무디스(Moody's)가 실시한 국가
별 환경·사회·지배구조(ESG) 평가에서 한국이 최
고 등급인 1등급을 받았다고 하는군. 이 평가는 전
세계 144개국을 대상으로 이루어졌으며 이 중 한국,
독일, 스위스, 뉴질랜드, 덴마크, 룩셈부르크, 스웨
덴, 싱가포르, 아일랜드, 오스트리아, 맨섬(Isle of
Man) 등 11개국이 ESG 신용영향점수(CIS)에서 최고
등급인 1등급을 받았다고 한다. 과거 선진국 중 선진
국이라 여겨 고개를 높게 들어도 저 멀리서 머리만
겨우 보일락 말락 했던 독일이랑 스위스, 스웨덴 등
과 어느덧 한국이 같은 선상에 있다니. 정말 놀랍네.

그럼, 세계 최강대국 미국과 한국이 라이벌로 인식하는 일본은 어디 있는 걸까? 미국과 영국, 프랑스, 캐나다, 호주 등 30개국은 2등급을 받았고 일본은 이탈리아, 중국, 러시아 등 38개국과 함께 3등급에 이르러서야 등장한다. 이제 국가 신용도 부분에서 한국이 이 국가들보다 낫다는 건가? 미국, 일본을 포함하여 과거에는 감히 따라갈 생각도 못했던 영국, 프랑스, 이탈리아 등이 우리보다 낮은 평가를 받다니.

그 기사를 보고 나서 가만 생각해보니, 실제로도 2020년을 기점으로 한국을 선진국으로 인식하는 분위기가 국내외 할 것 없이 강해지는 것 같다. 가끔 '박물관' 관련한 강연을 할 때면 강연 도중 청중에게 꼭 물어보는 질문이 있다.

"혹시 한국을 선진국이라 생각하시는 분, 계시면 부담 없이 손 들어보세요."

불과 5년 전에는 그중 10%도 손을 들지 않았다. 아니, 손을 든 사람이 거의 없었다. 그런데 2020년 강연에서는 동의하면 손 들어달라는 내 주문에 30% 정도가 눈치를 보다 손을 들더군. 과거에 비해 한국을 선진국이라 인식하는 국내 분위기가 분명 생겨나고 있었다. 자주 방문하는 일본에서도 한국을 여전히 낮춰 보면서도 한편으로는 높게 평가하는 이중적 모습을 종종 접하게 된다. 경제나 생활 수준 면에서는 인정하면서도 아직 심리적으로는 정리가 안 된 느낌. 분명한 것은 그럼에도 일본의 한국 문화에 대한 관심이 특히 젊은 여성들 사이에서 대단히 높다는 것이다.

예를 들면 몇 년 전 도쿄에서 고등학교 교장 선생님인 일본 분과 오랜 대화를 나누었는데, 한국 대중문화의 인기가 여학생을 중심으로 엄청나다는 말을 하였다.

"누가 그렇게 인기가 높죠?"

"일본에서 BTS와 트와이스 인기가 대단합니다. 일본 가수는 그다지 관심 없어요."

그런데 그 인기는 어느덧 미국, 유럽에까지 영향을 미치더니, BTS는 미국에서 빌보드 차트 1위에까지 올랐다고 한다. 세계 최고의 대중문화를 구가한다는 미국에서 이런 성과라니, 정말 믿을 수가 없네. K-Pop이 정말로 세계적인 인기를 얻고 만 것이다.

비단 그것뿐인가? 봉준호 감독은 한국에서 만든 영화로 미국 아카데미에서 4관왕이 되었으며, 그 후 한국의 여러 감독들에게 영상 콘텐츠를 만들자며 해외 회사가 적극 연락 중이란다. 과거처럼 가까운 중국, 일본이 아니라 미국의 회사들이 그것도 적극적으로 말이지. 그 결과 2021년에는 한국에서 만든 드라마 〈오징어 게임〉이 가히 세계적 열풍을 얻게 된다.

이처럼 불과 2000년대만 하더라도 전혀 상상도 할 수 없었던 성과가 현재 벌어지고 있다. 타임머신을 타고 2000년대로 돌아가서 20년 뒤 벌어질 일을 사람들에게 이야기한다면 과연 몇 명이나 내 말을 믿을까? 비웃으며 아시아에서는 최선진국인 일본도 할 수 없는 불가능한 공상 소설이라 하지 않을까.

그런데 경제나 대중문화 등이 이처럼 눈부신 발전을 이루고 있는 중에도 유독 정체된 부분이 있으니, 박물관과 미술관이 바로 그것이다. 현재 '선진국 클럽' 나라들 중 한국이 가장 빈약한 콘텐츠를 지니고 있는 분야가 아닐까. 사실 요즘 지역마다 박물관, 미술관이 만들어진다는 뉴스가 올라오지만, 여전히 국내 뮤지엄에는 98% 이상의 전시품이 한국 것이고 세계사에 한 획을 긋는 유물이나 작품은 눈을 씻고 보려야 볼 수가 없다. 건축물 숫자만 늘고 내·외부 디자인만 세련되어졌을 뿐, 내용물은 과거나 지금이나 변함없는 답보 상태를 이어가고 있는 것이다.

특히 2020년, 이건희 삼성 회장 사후 그의 컬렉션이 대거 국가에 기증된다고 하여 특별한 관심을 두고 지켜보았다. 그가 한국 최고의 예술품 소장가라는 소문이 있었으니까. 그의 소장품 중 모네, 피카소, 르누아르, 샤갈, 고갱, 달리 등 해외 작가의 작품이 있다 하여 살펴보니, 모네, 피카소 정도는 인정할 만

했으나 르누아르, 샤갈, 고갱은 해당 작가의 대표작이라 불리기에는 한참 못 미쳤다. 달리도 전성기 시절 작품이기는 하지만 크기가 작았고.

사실 이 정도 서양 근대 작가 컬렉션은 미국이나 유럽은커녕 삼성보다 훨씬 작은 규모의 회사를 운영하는 일본인이 만든 서양 미술관 컬렉션과 비교해도 한계가 분명해 보인다. 결국 이건희 컬렉션도 한국 근현대 작품과 과거 유물 부분에서 A++급이었을 뿐 해외 예술품 부분에서는 세계적 수준보다 한참 뒤진 것이다. 그래도 교과서에 언급될 만한 서양 근현대 예술가의 대표작을 수집한 한국인이 등장했다는 점에 의미를 두어야겠지.

흥미로운 점은 이렇듯 한국의 미술 컬렉션 기반이 빈약함에도 미술관, 박물관 관련한 책이 매년 최고 베스트셀러에 1~2권씩 올라온다는 것. 게다가 그 내용도 인상파를 중심으로 하여 서양 미술 또는 서양 박물관이 소장한 이집트, 그리스 유물 등이 주인공이라는 점. 관심이 생겨 읽어보면 역시나 해외 유명 뮤지엄이 소장하고 있는 작품을 사진으로 소개하고 설명하는 내용이다. 그렇지 않으면 해외 박물관이나 미술관을 소개하는 내용이든지. 매년 글솜씨 좋은 새로운 작가가 등장하며 설명 방식만 달라질 뿐. 이를 볼 때 분명 한국 대중은 한국 뮤지엄 이상의

모네 〈수련이 있는 연못〉. 국립현대미술관 소장. 100 x 200㎝. 이건희 회장의 기증품 중 여러 선진국과 달리 한국에서는 미술 책에서만 접할 수 있던 모네 작품이 있어 주목받았다. 그것도 모네의 인생 대표작이자 만년에 그린 〈수련〉이 그 주인공이다. 그렇다. 어느덧 우리도 세계적 예술품에 대한 컬렉션이 시작된 것이다.

것을 이미 바라보고 있다. 이런 책들을 보다보니 어느덧 드는 생각.

이제 국립현대미술관, 부산시립미술관, 광주시립미술관 같은 국내 미술관에서 인상파를 대표하는 모네, 천재 예술가 피카소, 색채의 마술사 샤갈, 마티스 등의 크고 아름다운 대표작을 보고 싶다. 단순히 해당 작가의 작품이 하나 있다는 수준이 아니라 세계에서 주목할 만한 대표작을 말이지. 그리고 국립중앙박물관이나 국립경주박물관에 가서는 한국 유물뿐만 아니라 그리스, 이집트 등 세계 유산을 만나보고 싶다. 즉, 세계 예술사에 한 획을 그은 작품의 색감과 질감을 직접 느끼고, 세계사에 기록된 위대한 문명의 유산을 보고 즐기는 일이 특별한 이벤트가 아니라 언제든 국내 뮤지엄을 방문하면 상시적으로 누릴 수 있는 일이 되기를 꿈꾼다는 것이지. 마치 유럽, 미국, 일본처럼.

과연 불가능한 일일까? 돈이 없어서, 여유가 없어서 못한다는 말은 이제 믿지 못하겠다. 한국은 이제 선진국이 되었고 그런 만큼 계획과 아이디어만 잘 세운다면 필요한 능력과 자원은 이미 충분히 갖추고 있기 때문. 또한 문화에 대한 관심과 투자도 갈수록 강해지는 때이기도 하다. 실제로도 최근 세계적으로 이름 있는 갤러리가 경쟁적으로 한국에 분점을 개설

하고, 현역으로 활동하는 예술 작가의 작품 수집에 아시아에서 한국이 매우 부각되고 있다고 한다. 국내에 재력가들이 많아지면서 분명 컬렉션 수준과 내용이 달라지고 있는 것이다.

그래서 지금부터 내가 살고 있는 안양을 주인공으로 삼아 세계 수준의 뮤지엄을 하나 만드는 것을 책 내용으로 잡아, 따라가보기로 하자. 이를 위해 마치 PC나 스마트폰 시뮬레이션 게임에서 한정된 돈으로 도시 개발을 해보듯이 뮤지엄을 만들어보겠다. 그런데 왜 하필 안양이냐고? 서울 옆 약 50만 인구의 안양에서 오래 살아보니, 이곳은 한국의 일반적인 도시의 모습을 그대로 지니고 있거든. 아파트, 학군, 교통 편리 같은 부분만 매력으로 언급되고 도시 자체의 문화는 빈약해, 고급문화는 서울에 기생하며 사는 삭막한 모습이 바로 그것이다. 안양 정도 규모의 도시에 꽤 괜찮은 뮤지엄이 만들어질 수 있다면 다른 지역의 더 능력 있는 도시들은 더 큰 가능성이 있다는 의미일 테니까.

차례

MUSEUM

1
재원 마련

같은 돈으로 욕조? 아니면 작품 구입?

어릴 적 자주 본 영화로 〈록키〉가 있다. 권투 선수인 록키가 도시 여기저기를 달리며 훈련하다가 마지막으로 필라델피아미술관 계단을 뛰어 올라가더니 두 팔을 치켜올리고 파이팅을 하는 장면이 있는데, 세계 영화사에 남을 유명한 장면이라 한다. 나도 그 장면에 꽂혀서 어릴 적부터 필라델피아미술관에 꼭 가보고 싶었다.

그런데 그 필라델피아미술관에는 세계 미술사에 길이 남을 작품 중 하나가 소장되어 있다. 뉴욕에 놀러 간 어느 해 그 그림을 보기 위해 버스를 타고 2시간 걸려 필라델피아에 갔다. 미술관에 도착해 그 계단을 보니 어릴 적 〈록키〉의 추억이 떠올라 기뻤다.

그러나 〈록키〉의 추억보다 더 기뻤던 것은 그 그림을 본 것이다. 폴 세잔(Paul Cézanne, 1839~1906)의 〈목욕하는 사람들〉이 바로 그 주인공이다.

필라델피아미술관이 소장한 세잔의 작품은 그가 그린 〈목욕하는 사람들〉 연작 중 가장 큰 그림(210.5 ×250.8cm)으로 유명하다. 1898년부터 1905년까지 무려 7년간 세잔은 자신의 세계관을 완벽하게 표현하기 위해 틈틈이 묵묵하게 그림을 그려 넣었다. 그러나 그렇게 노력을 쏟아부었음에도 그 그림은 미완성으로 남게 된다. 1906년 세잔은 바깥에서 그림을 그리는 도중 폭풍우를 만났는데, 빗속에서 2시간이나 더 작업을 한 것이 문제가 되었는지 급성 폐렴으로 사망했기 때문이다.

세잔이 화가로서의 삶 후반기에 그린 〈목욕하는 사람들〉 연작은 유화와 수채화 이외에도 드로잉, 스케치까지 포함하여 무려 200여 점에 이른다. 같은 주제로 이렇게 많은 작품을 그린 것은 예술가로서 인간과 자연을 완벽하게 조화시키는 작품을 완성하고 싶다는 그의 이상 때문이었다. 세잔은 다양한 방식으로 목욕하는 사람들을 그렸다. 기존의 인상파적 풍경에 추상적으로 그린 인물을 배치하거나, 사람과 물, 나무 등을 하나의 구조처럼 추상적으로 그리거나, 등장하는 사람에게서 아예 표정과 각자의 개성

세잔의 〈목욕하는 사람들〉 중 가장 큰 작품이 필라델피아미술관에 있다. 미술사에 한 획을 그은 작가의 대표작은 필라델피아미술관의 위상을 여실히 보여준다.

을 제거한 채 형태와 색만 남겨 마치 자연의 일부처럼 그리기도 했다.

하지만 이렇게 다양한 시도를 했음에도 불구하고 결국 그는 자신이 만족할 만한 결과를 만들어내지 못했다. 이는 그것을 감상하는 사람이 보고 느끼는 부분이 아닌 작가 자신의 만족이라 어떻게 할 도리가 없었나보다. 현재 필라델피아미술관이 소장하고 있는 이 그림을 자신의 대표작으로 남기기 위해 가장 큰 캠퍼스에다 장장 7년이 넘도록 작업하였지만, 완성도에 대한 작가 본인의 불만으로 도중에 미완성으로 끝나버리고 만 것이다. 하지만 미완성의 거대한 〈목욕하는 사람들〉은 보다 완벽한 표현을 위한 작가 자신과의 고독한 싸움을 이해한 사람들에게 세잔의 그 어떤 그림보다 더 그의 열정과 철학을 잘 보여주고 있었다.

1937년, 필라델피아미술관은 지역 미술관 후원자가 지원한 기금으로 11만 달러에 이 그림을 구입한다. 하지만 이 그림을 살 당시에 세계 경제 공황이 한창이었기에 언론에서는 필라델피아미술관의 비싼 미술품 구입에 대해 비판적이었다. 대표적으로 지역 언론지인 〈필라델피아 레코드(The Philadelphia Record)〉는 다음과 같이 냉소적으로 비난했다.

필라델피아 주민 4만 1000명(10%)이 욕조가 없으니, 그 돈은 다른 곳에 더 잘 쓰였을 수도 있었다.(41,000 (or ten percent) of Philadelphia's residents were without bathtubs, and that the money could therefore have been better spent elsewhere.)

그렇다면 시간이 한참 지난 현재는 어떤 평을 받고 있을까? 필라델피아미술관은 세잔의 바로 이 그림을 보기 위해 방문하는 사람들로 문전성시를 이룬다. 이 그림은 세잔의 대표작이자 미술관을 대표하는 작품으로 알려지게 되었고, 그림의 가격 역시 최소 3억 달러, 즉 3000억 원은 가볍게 넘을 것으로 보인다. 그리고 이처럼 훌륭한 작품을 소장하고 있기에 필라델피아미술관은 높은 격을 인정받고 있으니, 세잔의 작품은 미술관을 넘어 도시의 자랑이 된 것이다. 현재의 필라델피아 시민 역시 1937년, 욕조를 구입하는 데 돈이 쓰인 것보다 보고 싶을 때마다 방문하여 만날 수 있는 세잔의 작품에 더 만족하고 있을지도 모른다. 덕분에 필라델피아는 지금도 예술의 도시라 불리며, 여러 그래피티 아티스트들이 도시 곳곳에 그린 3800여 개의 벽화로 세계 최대의 벽화 도시가 되었다. 이처럼 명품 미술품 하나가 도시에 주는 힘은 대단하다.

사실 미술이나 예술은 생존이 중시되는 시대에는 어찌 보면 중요하지 않은 것으로 느껴질 수도 있다. 하지만 현대인에게 생존이란 단순히 의식주만으로 해결되는 것은 아니지 않은가. 우리는 깊게 사고하고 문화를 즐기며 그런 문화를 통해 삶의 가치를 인정받고 싶어 한다. 또한 예술 작품 감상을 통해 그 시대를 읽으며 상상력을 자극받고 새로운 영감을 얻기도 한다. 그것이 바로 인간이다.

만약 우리 도시에서 이런 훌륭한 작품을 누구나 쉽게 볼 수 있다면 어떤 느낌일까? 아, 아니 한국에도 세계사적으로 의미 있는 작품을 소장하는 공간을 만들 수 있을까? 더 정확히는 이제 우리도 그런 박물관이나 미술관을 만들 때가 되지 않았을까?

지금부터 이 질문에 대한 궁금증을 이야기로 펼쳐보기로 하자.

안양시청

"음. 안양시청을 옮길 수도 있다고?"

어느 날 스마트폰으로 뉴스를 보니 정말 오랜만에 안양 이야기가 메인에 보인다. 그냥 살기는 좋지만 매우 심심한 이 도시에 무슨 이야기가 있는 거지? 안양 시민이다보니 그 기사를 지나칠 수가 없다. 내용인즉 평촌에 위치한 안양시청을 구도심인 만안구로 옮긴다는 것이군. 그러고보니 한때 말도 안 되는 상상을 사람들 앞에서 이야기했던 기억이 난다.

그 이야기를 하기 전에 우선 안양이라는 도시에 대해 간단히 설명해보자. 안양은 서울 바로 아래에 위치한 도시로 관악산을 중심으로 남쪽에 자리 잡고 있다. 특히 지하철 1호선과 4호선 및 다양한 버스 노선이 있어 서울이나 경기도 남쪽으로의 이동도 빠른 편인데, 그래서인지 나름 안양을 교통의 요지라 자부하더군. 앞으로는 강남과 연결되는 GTX, 판교 및 동탄과 연결되는 지하철도 개통될 예정이라니 더욱 교통이 편리해질 것이다.

그런데 이 도시의 문제점은 안양역을 중심으로 하는 구도심과 1기 신도시가 있는 평촌 간의 경제적 격차이다. 오래된 구도심은 많은 부분이 한계에 도달하여 더 이상의 발전이 벽에 부딪친 상황이라면, 신도심에는 젊은 인구부터 도시 내 돈 있는 사람이 모이면서 상업 지구까지 크게 번성하고 있으니 말이다. 물론 이런 양극화가 비단 안양만의 문제는 아닐 것이다.

서울도 강북과 신도심인 강남으로 나뉘고 있고, 부산은 구도심과 해운대, 대전은 구도심과 둔산 신도시, 성남은 구도심과 분당, 인천은 구도심과 송도 등 이외에도 정말 많은 도시들이 구도심과 신도심으로 나뉘어 삶의 격차가 만들어지고 있다. 격차가 커질수록 균형적인 발전을 이루기가 어려우니 도시 경쟁력도 한계에 봉착한다. 이에 도시마다 구도심을 발전시킬 여러 방안을 내세우고 있으나 쉽지 않은 것도 현실이다.

결국 이 문제는 안양의 문제이자 국내 여러 도시

들이 가지고 있는 근본적 문제이기도 한 것이다. 이에 안양에서는 도시의 중심 시설인 안양시청을 구도심으로 옮겨서 도시 균형을 잡고, 더 나아가 1990년대 구축되어 서서히 나이를 먹은 평촌에는 시청이 있는 자리에 오피스 건물과 함께 기업을 유치하여 새로운 원동력을 만들려나보다.

그런데 이 부분에서 나의 엉뚱한 상상력이 어느날 툭 튀어나왔다. 안양시청 이전이 필요하다는 것은 이전부터 내가 주장한 이야기이기도 했기 때문이다. 다만 도시 균형 개발이라는 큰 줄기는 같지만 나의 제안은 방법에 있어 아주 조금 다르다.

계산

자, 계산부터 해볼까 한다. 무슨 계산이냐면 돈 계
산이다. 상상만 해도 신나는 돈 계산.

우선 구도심인 만안구에는 과거 농림축산검역본
부가 있었는데, 이것이 지방으로 이전하자 해당 부
지 5만 6309㎡를 안양에서 1293억 원에 매입하였다.
그리고 이곳에 도시의 균형 발전을 위하여 안양시청
을 옮길 수 있다고 이야기 중이다.

한편 현재 안양시청은 1기 신도시인 평촌 중앙에
위치하고 있으니 지하철 4호선 범계역과 평촌역 중
간에 위치한 알짜배기 땅이다. 부지 넓이는 6만 736
㎡로 평수로 따지면 1만 8000평 정도이다. 축구장 8
개 크기이니 웬만큼 큰 물류창고나 최신식 반도체

공장 하나가 들어서도 될 만큼 넓은 부지라 하겠다.

그렇다면 평촌의 안양시청 부지의 가격은 얼마 정도 할까? 평촌 중심인 범계역 상권의 경우 평당 4000~5000만 원 정도 공시지가를 보이고 있다. 다만 공시지가가 그렇다는 것이고 보통 그렇듯 실제 가격은 이보다 훨씬 위라고 보면 되겠다. 이를 바탕으로 대입해보면 1만 8000평 곱하기 4000~5000만 원을 하면 되겠지? 대충 7200억 원에서 9000억 원이라 볼 수 있겠군. 최소로 보아 그렇다는 의미.

결국 안양시청 부지를 매각할 경우 최소 7000~9000억 원이 만들어진다는 의미이다. 여기부터는 그냥 9000억 원이라 표기하기로 하자. 그럼 구도심에 있는 농림축산검역본부 부지를 1293억 원에 매입했으니, 9000억 원에서 이 가격을 빼고 새로 지을 시청 건축비도 빼야겠지. 왜? 남는 돈을 알아보기 위해서.

다음으로는 시청을 건축하는 데 얼마 정도 드는지 알아보자. 인구 100만 정도의 용인에는 용인시청(부지 8만 254㎡)이 있는데, 한때 '용인궁'이라 불릴 정도로 호화 청사로 유명했다. 나 역시 방문해서 본 적이 있는데, 정말 거대하더군. 행정복합타운이라 부르던데, 16층 높이에 푸른 유리창의 건물이 위압감을 준다. 이 청사를 건축하는 데 토지 비용 뺀 건축비만 1800억 원이 들어갔다고 한다. 그래서 과도한 비용이라 비판도 받았던 것으로 기억한다. 다만 그 시기가 2005년이라 꽤 오래 전 일이네. 그러니 이 수치는 참고만 하자. 근래의 예를 가져와 봐야겠다.

인구 300만에 가까운 인천시도 연면적 4만 6000㎡에 17층으로 956억 원의 건축비를 들여 신청사를 지어 옮길 계획이었다. 그러나 최근 신청사 대신 신관을 개청했다. 오호라. 시가 한 번 큰 재정 위기를 경험해서 그런지 그래도 실용성을 우선으로 했나보다. 인구 100만의 고양시도 신청사 건립 계획이 있다. 연면적 8만㎡에 시청 건축에 필요한 예산을 약 2500억 원으로 보고 있군. 대충 이 정도로 조사는 끝내자.

그렇다면 인구 55만의 안양시는 어느 정도 비용이면 호화 청사라는 비난을 받지 않고 적당한 크기와 위용으로 시민에게 충실한 시청 건물이라 칭찬받을 수 있을까? 위의 예를 볼 때 넉넉잡아 2000억 원 정도면 충분하지 않을까 하는 생각이 든다.

자. 이제 되돌아와서 다시 계산에 들어가 보자. 평촌 안양시청 토지 가격 9000억 원 빼기(-) 농림축산검역본부 부지 1293억 원 빼기(-) 건축비 2000억 원. 그러면 음, 나이를 먹어서 머리가 갈수록 나빠져 암산이 안 되니 계산기로 두드려보자. 우와 5707억 원이 남는다. 이제 이 5707억 원으로 무엇을 할 수 있을

까? 상상으로 만든 돈인데도 심장이 두근두근하는
군.

교통 기반

　자. 시청을 옮긴 것으로 5707억 원의 돈이 생겼다. 이것을 먼저 어디에 투입하면 좋을까? 우선 만안구에 커다란 시청 건물을 만들 테니 관련한 교통망을 정리해야겠다. 도시와 시민을 위해서 시청 방문을 쉽게 하려면 교통이 매우 중요하니까.

　살펴보면 구 농림축산검역본부 부지는 1호선인 안양역과 명학역 사이에 위치한다. 두 역 간 거리가 2.3㎞라 가깝다면 가깝고 멀다면 먼 참으로 애매한 거리다. 그래서 과거 안양시에서 두 역 사이에 안양초교역 신설을 추진했으나 정부의 타당성 조사에서 좋지 않은 결과를 얻었다고 한다. 그렇게 무산되긴 했지만 안양시청이 옮겨오고 더불어 관련 행정기관이 구비된다면? 이야기가 달라지지.

우선 2021년 3월 말 기준으로 안양시청에 근무하는 인원이 2000명에 가까우며, 시청 업무로 매일 방문하는 사람들을 포함한 유동 인구 또한 적지 않을 것이다. 게다가 안양시와 관련한 일을 하는 기업 등도 새 청사 근처에 사무실을 마련할 테고, 그로 인해 유동 인구가 늘어나니 주변 상권도 지금보다 좋아질 것이다. 한편 구 농림축산검역본부 부지 주변으로 아파트 재개발이 이루어지고 있어서 신축 아파트 거주 인구도 크게 늘어날 예정이다. 따라서 이전의 안양초교역이 아니라 안양시청역 또는 안양행정타운역 신설을 추진할 수 있다.

하지만 이 정도만으로 타당성 조사를 다시 한 번하여 통과할 수 있을지는 조금 의문이네. 경제성 지표인 비용편익비(B/C ratio)가 1을 넘어야 수익이 날수 있는 구조가 되는데, 이전 결과에 의하면 0.44로한참 미달이기 때문이다. 만약 역을 신설할 경우 1호선 노선 위에 역사만 세우면 되니 비용은 300억 원에서 최대 800억 원이 든다고 한다. 다만 이 비용은 철도건설법의 원인자 부담 원칙에 따라 전액 안양시가부담해야 한다. 즉, 5707억 원에서 역을 신설하는 데들어가는 비용으로 중간 값인 500억 원을 빼도록 하자. 5207억 원이 남았네.

이제부터가 진짜 고민이다. 남은 5207억 원으로 무엇을 하면 새로 이전한 안양시청을 빛내고, 더불어 사용 인구를 크게 늘려 그 앞에 지하철역 하나를 자연스럽게 만들며, 더 나아가 안양의 지역 균형 발전에도 큰 보탬이 될 수 있을까?

나의 아이디어

여기까지 따라왔으니 사전 지식은 충분히 쌓였을 테고, 이제 앞서 언급한 나의 아이디어를 펼쳐보기로 하자. 이전에 나는 안양의 지인들 앞에서 이렇게 남은 5207억 원으로 다름 아닌 제대로 된 박물관이나 미술관을 만들어야 한다고 말했었다.

효율적 운영과 홍보를 위해 안양시청 신청사에 시민과 대중을 위한 박물관 또는 미술관을 만들고, 이것을 통해 안양을 진정한 문화의 도시로 승격시키자는 것이다. 이를 위해서는 여러 지방 자치 단체에서 유행처럼 만들어지고 있는 평범한 박물관 수준이 아니라 최소 한국, 아니 아시아권에서 최고 수준의 박물관을 만들어야 한다. 그래야 이 박물관을 방문하러 많은 사람들이 전국 및 전 세계에서 모여들고, 이를 통해 지역 발전까지 이룩할 수 있을 테니까. 단도직입적으로 말해서 문화 하면 한국에서 서울이 최고라 자부하는 사람들이 안양 뮤지엄을 보고 싶어 굳이 안양까지 오게 만들어야 한다. 독자적으로 이름을 알릴 박물관, 미술관이라면 그 정도 경쟁력은 갖추어야 하는 것이다.

그럼 5207억 원으로 어떤 박물관이나 미술관을 만들 수 있을까? 아! 아니, 더 정확한 질문은 '5207억 원으로 아시아 최고 수준의 박물관이나 미술관을 만들 수는 있는가?'가 아닐까 싶다. 5207억 원이 매우 큰 돈이기는 하나 이 돈으로 모든 것을 다 갖춘 박물관을 만드는 것은 사실상 불가능하다. 예를 들어 파리의 루브르박물관이나 뉴욕의 메트로폴리탄박물관 말이지. 그러나 어떤 한 분야를 잘 선택하여 정해놓고 꾸민다면 해당 분야에 대해서는 아시아 최고 수준까지 구축할 수 있다. 그것으로 이 도시를 멋지게 포장하는 것이다.

에이, 5207억 원으로 무언가를 세울 수 있다고? 물론이다. 하남에 신세계 그룹이 만든 거대 쇼핑몰 스타필드의 건축비가 5300억 원이었다고 하니까. 물론 땅값 포함하면 1조 원 이상이라 하지만. 어쨌든 비슷한 돈으로 이런 것을 만들 수 있는 비용이기는 하다.

그러나 안양처럼 별 특징 없는 도시에 어느덧 흔해진 쇼핑몰이 들어서는 것은 도시에 남다른 격을 부여하는 데 큰 의미가 없어 보인다. 무엇보다 최고 쇼핑몰로 가득한 서울에서 안양의 쇼핑몰까지 한 번 이상 찾아올 생각을 하는 사람들이 있을까? 안양의 쇼핑몰에 오는 사람들의 90%는 안양 주변 도시에 사는 사람들일 것이다. 스타필드 역시 화려함에 비해 간신히 흑자를 유지하는 수준인 데다 유동 인구가 쇼핑몰로 유입되면서 주변 상권에 피해를 준다는 문제도 존재한다. 결국 쇼핑몰로 전국구 명성 및 도시 상생 이익을 얻기란 예상외로 힘들다는 의미다.

또한 재건축이나 재개발로 아파트만 계속 올리고 있는 도시 정책도 어느 순간부터는 분명 한계에 봉착할 듯하다. 도시 전체에 아파트가 채워진다고 문화가 만들어지는 것이 아니며, 재건축도 앞으로는 사업 이득이 떨어져 더 힘들어질 테니까. 결국 정말 살기 좋고 자부하는 장소가 되고자 한다면 우리 도시만의 독특한 매력을 만들 필요가 있는 것이다. 문화가 바로 그런 역할을 할 수 있다. 그래서 난 박물관이나 미술관을 주장했다. SNS나 인터넷으로 대체할 수 있는 여러 분야와 달리 예술품 감상은 무엇보다 직접 방문하여 경험하는 것을 중시하는 분야이기 때문. 물론 앞으로도 그럴 것이고.

그럼 지금부터 여러 도시에 위치한 박물관 또는 미술관이 어떤 효과를 보이고 있는지 하나씩 살펴보며, 우리가 상상으로 만들어낸 5207억 원으로 비슷한 효과를 거둘 만한 전시 공간을 갖출 수 있을지도 살펴보기로 하자.

참고로 본격적으로 이야기에 들어가기 전 정리할 것이 있다. 박물관과 미술관의 호칭 문제가 그것이다. 서양에서 시작된 뮤지엄(Museum) 문화는 박물관과 미술관을 모두 포함한 개념이다. 예를 들어 인상파 회화가 소장되어 있는 오르세미술관의 경우 프랑스어로 Musée d' Orsay라 표기되어 있으며, 영어로 하면 Orsay museum이다. 그럼에도 한국에서는 오르세박물관이라 하지 않고 자연스럽게 오르세미술관이라 한다.

이유는 우리가 근대 이전의 작품을 전시하는 곳은 박물관, 근대 이후의 작품을 전시하는 곳은 미술관이라 구분하여 표기하고 있기 때문이다. 일본이 서양으로부터 뮤지엄 문화를 받아들이면서 이렇게 구분하여 정리한 것을 한국에서 그대로 받아들여 오늘날까지 이어지고 있는 것이다. 그 결과 해외 뮤지엄도 이미 일본이 구분한 것을 그대로 따라 표기하는 경우가 대부분이다. 그러므로 나 역시 이미 고유명사가 된 경우에는 그대로 표기하겠다.

2
최상의 목표는
인상파 미술관

쉽게 볼 수 있는 일반적 박물관

도시에 단순히 박물관이나 미술관이 생겼다 하여 사람이 모이는 것은 아니다. 사람을 끌어모을 만한 컬렉션이 있어야 한다. 즉, 전시 내용이 충실하지 않으면 있어도 별 의미 없는 자기만족적인 공간이 돼 버리는 것이다.

대표적 예로 안양 예술 공원에 위치한 안양박물관이 있다. 고려 태조 왕건에 의해 세워졌다는 안양사(安養寺)가 위치했던 터에 1959년부터 유유산업이 공장을 만들어 운영하고 있었다. 그 공장이 2006년에 다른 곳으로 이전하자 안양시가 해당 공장 건물을 이용하여 박물관을 꾸민 것이다.

그런데 공장 내 건물이 한국의 1세대 건축가로 꼽

히는 김중업이 설계한 것이라, 2010년대 들어와 김중업 건축 박물관이라는 콘셉트로 활용하여 전시도 했었다. 그러나 그리 반응이 크지는 않았다. 다음으로 현대 미술을 보여준다며 안양으로서는 나름 야심 차게 국내외 생존 작가의 작품을 구입하여 전시하기도 했으나 역시나 큰 반응을 얻지는 못했다.

몇 번의 도전에도 큰 반응이 없자 요즘은 그냥 안양사 출토 유물을 가져다 안양 역사 유물관을 만들어 운영 중이다. 출토 유물 중 국보급이 있는 것도 아니고 토기나 기와 등이 대부분이다보니 일반 사람들의 관심은 더욱 사라졌다. 지금은 안양 유원지로 등산하는 사람들이 박물관 옥상에 있는 카페를 이용하기 위해 잠시 거쳐 가는 장소 정도로 인식되고 있는 형편이다.

이것이 요즘 국내 지자체가 주도해 지역 곳곳에 만들고 있는 박물관 또는 미술관의 냉정한 현실이다. 그나마 안양은 옛 건물을 활용하여 만들었기에 비용이 크게 들지는 않았던 것 같다. 다른 여러 지자체에서는 건축비만 500~2000억 원을 들여 새롭게 박물관을 만들었음에도 소장품을 구비하는 데는 건축비의 반의반도 투자하지 않아 볼 것이 거의 없는 공간들이 양산되는 상황이다.

이는 여러 지자체의 뮤지엄에 대한 이해 자체가

크게 떨어지기 때문에 생겨난 현상이라 볼 수 있겠다. 뮤지엄을 방문하는 관람객은 건축 형태, 디자인, 도시와의 융화된 모습, 문화적 효과 등에도 물론 관심을 두겠지만 1차적으로는 해당 뮤지엄이 어떤 컬렉션을 전시하고 있느냐를 따진다. 즉, 뮤지엄의 주인공은 결국 소장품이 되어야 하는 것이다.

이처럼 어떤 소장품을 가지고 있는지가 뮤지엄의 성공과 실패를 좌우하는 가장 중요한 요인임을 기억하자. 그럼 어떤 소장품을 가지고 있으면 경쟁력을 갖출 수 있을까?

가장 인기 있는 전시

　진지하게 고민해보자. 안양 같은 도시에서 한국 고미술을 기본으로 하는 박물관으로 경쟁력을 갖추기란 매우 어렵다. 우선 서울에 위치한 국립중앙박물관이 안양에서 지하철 4호선을 타고 1시간 안쪽이면 도착하는 거리에 있고, 그 외에 호림박물관, 간송미술관 같은 한국 고미술을 바탕으로 하는 사립 박물관도 가까운 서울에 위치하기 때문이다. 웬만한 컬렉션이 아니면 굳이 안양까지 와서 구경하게 만들기 어렵다는 의미다. 또한 한국 유물 중 이미 이름난 국보, 보물 등은 주요 박물관이 대부분 소장하고 있기에 돈이 아무리 많다 하더라도 일정 수준의 박물관을 구축하는 것 자체가 거의 불가능하다.

한국 근현대 미술도 마찬가지다. 안양 바로 옆 과천에 국립현대미술관이 있으며, 지하철을 타고 역시나 1시간 정도 가면 종로구에 위치한 국립현대미술관 서울관에도 갈 수 있으니 말이지. 또한 근대 미술품도 이미 주요 작품은 대부분 주요 미술관이 소장하고 있어서 일정 수준의 소장품 수집이 거의 불가능하다.

그럼 무엇을 할 수 있지? 한국 것이 아닌 외국 것을 해야 하나? 그래. 한번 해외 것을 찾아보기로 하자. 이참에 한국에서 성공한 해외 미술 전시를 살펴봐야겠다. 분위기를 대충 파악할 수 있으니까.

2005년, 국립중앙박물관이 용산으로 이전한 뒤부터 한국에서도 소위 해외 메이저급 특별전이 매해 한두 차례는 개최되기 시작했다. 대규모 특별전을 꾸미기에 충분한 크기의 전시 공간이 국립중앙박물관에 구비되었기에 만들어진 효과였다. 이에 과거 아시아에서는 일본, 싱가포르 정도만 돌던 유명 해외 전시를 한국에서도 일부 만날 수 있게 된다. 그리고 꽤 시간이 흐르면서 자료도 쌓였다. 다음은 국립중앙박물관의 전시별 관람객 숫자다.

1위는 2006년 개최된 루브르박물관전으로 52만 명
2위는 2009년 개최된 이집트 문명전 "파라오와

미라”로 44만 명

    3위는 2014년 개최된 오르세미술관전으로 37만 명

    4위는 2016년 개최된 이집트 보물전 “이집트 미라 한국에 오다”로 34만 명

    그렇다. 이를 보면 알겠지만 유럽 회화, 그리고 이집트 전시가 당당히 순위권에 들어 있다. 약 3개월 정도의 짧은 특별전으로 모은 관람객 숫자이니 결코 적은 숫자는 아니다. 오히려 같은 국립중앙박물관의 특별전 공간에서 한국 고미술 특별전을 개최하면 이보다 성적이 훨씬 못 미친다. 관람객이 해외 것에 비해 3분의 1 내지 4분의 1 수준도 되지 않거든.

    이와 같은 통계는 비단 한국만의 결과는 아니다. 미국, 유럽, 일본 등 박물관 전시 문화가 크게 발달된 지역의 통계를 보아도 최고 흥행 전시의 주제는 다름 아닌 인상파 전시다. 세계적으로 볼 때 매년 전시 흥행 1위는 인상파, 2위는 이집트, 3위는 그리스, 4위는 중국 유물 등의 순서다. 이는 곧 해당 순위에 따른 유물을 수집하여 전시한다면 한국에서도 충분한 경쟁력을 갖출 수 있다는 의미이기도 하다. 무엇보다 국내에서는 인상파, 이집트, 그리스 등의 미술을 보여주는 공간이 전무하니 질과 양이 보장된다면 더욱 성공 가능성이 높다고 하겠다.

그렇다면 당당히 흥행 1위를 차지한 인상파 미술
의 힘을 먼저 살펴보기로 하자.

오르세미술관

박물관 문화의 역사가 길고 크게 발달한 유럽은 우리가 모델로 삼는다 해도 따라가기가 쉽지 않다. 예를 들어 프랑스 근대 미술이 집대성되어 약 450점의 인상파 작품을 소장하고 있는 파리의 오르세미술관(Musée d' Orsay) 규모로 인상파 미술관을 한국에 만든다는 것은 사실상 불가능한 미션이다. 그럼에도 인상파를 목표로 삼은 만큼 공부는 해봐야겠지.

인상주의(impressionism)는 단순한 미술 사조가 아니다. 이때부터를 사실상 현대 미술의 시작으로 언급할 정도로 세계사적으로도 큰 의미가 있는 예술이라 하겠다. 19세기 후반 프랑스에서 시작된 이 미술 사조는 근대화라는 당시의 새로운 시대상을 적극

오르세미술관 바로 이 공간을 방문하는 순간, 그 누구든 남다른 포만감을 느끼게 된다. 이는 이곳에 세계 예술사에 한 획을 그은 최고 예술가들의 작품이 가득하기 때문이 아닐까.

반영하였고, 여기에 사진이라는 기술이 개발되면서 과거처럼 사물을 똑같이 묘사하는 것에서 탈피하는 것을 회화의 목적으로 삼았다. 이를 위해서 작가의 개성적인 붓 표현과 감각적 느낌을 매우 중시하게 된다. 물론 그동안의 미술과 비교해 이질적이라서 처음에는 큰 비판을 받았으나 점차 작가의 자유로운 표현법에 동조하는 인구가 늘어나면서 안정적으로 자리 잡게 되었다.

덕분에 작가들이 전시 기회조차 얻기 어려웠던 초기의 무명 생활에서 조금씩 벗어나게 되자 인상파 작품 가격도 갈수록 높아졌다. 실제 프랑스 살롱 참가에 거부당한 작가들이 모여 조촐하게 마련한 1874년의 무명예술가협회 전시로부터 시작된 인상주의는 그 후 1886년까지 뜻이 맞는 사람들이 모여 총 여덟 번의 전시를 개최하나, 이들 전시의 초반은 미술계에서 철저히 외면을 당한 그들만의 축제였다.

하지만 1880년대 초반부터 인상주의 작품에 대한 프랑스 내 평판이 조금씩 좋아지더니, 특히 프랑스 미술을 추종하던 미국에서 높은 관심을 보이면서 작품 판매 역시 점차 늘어났다. 1890년대 들어오자 드디어 인상파 대표 화가인 클로드 모네(Claude Monet, 1840~1926)의 〈건초 더미〉 연작과 〈루앙 대성당〉 연작이 전시된 지 며칠 만에 모든 작품이 완판

러시아 예르미타시미술관에 소장된 모네 작품. 사실 러시아 뮤지엄에도 인상파 작품이 한가득 전시 중이다. 또한 우리와 경제 규모가 비슷하거나 더 낮은 이스라엘, 호주, 캐나다 등도 이미 수준 높은 인상파 전시실을 갖추고 있다.

될 정도로 프랑스 내에서 흥행과 평론 모두 성공의 시대를 열었으며, 다른 인상파 화가들도 비슷한 시기에 경제적으로 여유를 얻게 된다.

　그러자 점차 프랑스를 넘어 네덜란드, 독일, 미국, 러시아, 영국, 나중에는 아시아에서 근대화를 처음 이룩한 일본까지 인상파 작품을 열정적으로 구입하고자 했다. 현대까지 소위 선진국이나 강대국으로 일컬어지는 국가들이 바로 그들이다. 이들은 또한 19세기의 근대화 시대를 지구상 누구보다 성공적으로 보낸 국가들이기도 하다.

　19세기부터 20세기에 걸쳐 성공적인 근대화 시대

오르세미술관 전시실. 모네 그림이 보인다. 오르세미술관은 1년에 평균 500~600만 명의 관람객이 방문하는 인상파 미술의 성지로 활동 중이다.

마드리드의 소로야미술관 내부. 스페인의 인상파 화가 호아킨 소로야 (Joaquin Sorolla, 1863~1923)의 작품과 그의 소장품을 전시하고 있다. 이와 유사하게 여러 국가에서 프랑스 인상파 회화는 매우 큰 영향을 미쳤다.

를 공유하는 국가들이 열정적으로 수집하는 그림이 되면서 인상파의 명성은 전설 중 전설로 올라섰다. 이 영향은 현재 프랑스뿐만 아니라 네덜란드, 독일, 미국, 러시아, 영국, 스페인, 일본, 이스라엘, 호주, 캐나다까지 인상파 전시관이 존재하는 것으로도 쉽게 알 수 있다. 즉, 세계 경제에 큰 영향력을 지닌 선진국 클럽들이라면 반드시 소장해야 할 그림처럼 된 것이다. 그 결과 프랑스보다 조금 뒤처지긴 했지만 세계 여러 국가에서도 인상파 형식의 그림이 인기리에 그려질 정도였다. 프랑스 인상파가 그만큼 근대화를 이루던 여러 국가에 예술 전반에 걸쳐 큰 변화와 충격을 주었기 때문이기도 하다. 현재까지도 근대화에 성공한 국가들은 인상파 그림을 보며 19~20세기까지 이룩한 그들의 화려했던 시대를 이해하고 동질감을 느끼며, 더 나아가 선진국으로서의 자부심까지 가지게 된다.

한편 프랑스 작가의 인상파 회화 가격이 높아지는 것에 비례해 각 국가의 자국 인상파 작가의 회화 수요도 증가했다. 예를 들어 스페인, 독일, 미국 출신의 인상파 작가 중 유명한 이들은 현재 해당 국가의 국민 작가 대접을 받으며 그림 한 점당 가격도 상당한 수준이다. 물론 예술로 세계를 제패한 프랑스 인상파 가격까지는 아니어도 점차 해당 국가의 경제력에 걸맞은 가격이 갖춰지게 된 것이다. 인상파 이후의 프랑스 미술 사조인 야수파에 영향을 받은 한국 작가 이중섭(1916~1956)의 작품 가격이 현재 수십 억에 다다르는 것도 이와 유사한 상황이라 하겠다. 세계인들은 거의 모르는 오직 한국만의 작가임에도 불구하고 동시대 세계적 근현대 회화를 수용하여 그렸다는 것에 의미가 있으니 말이지.

인상파의 인기는 지금의 산업화 후발 주자에게도 옮겨왔다. 매년 인상파 그림이 전시되어 있는 오르세미술관 5층에 가득 찬 한국인 관광객을 보면 그 열기를 쉽게 알 수 있을 듯. 특히 이곳에 아이를 데리고 온 한국 부모들이 급한 마음에 열성적으로 자신의 아이들에게 인상파 작품을 설명하는 모습은 절로 안타까움을 느끼게 만든다. 하나라도 더 보여주고 싶은 마음들이 참으로 절실해 보이거든. 이제는 한국이 경제적으로는 서유럽의 선진국 수준까지 올라섰기에 그만큼 예술에 대한 대중의 관심과 열정까지 남달라졌건만, 국내에는 인상파를 상시적으로 여유 있게 볼 수 있는 장소가 전무하다보니 생겨난 비극이다. 세계 경제 규모 10위 안에 들고 삶의 질에서도 선진국이라 일컬어지는 나라에 인상파 또는 서양 미술 전시관이 단 한 군데도 없다니, 과연 언제까지 이런 상황이 지속되어야 할까?

그런데 오르세미술관은 본래 1900년 파리 만국박람회 때 지어진 기차역을 리모델링하여 1986년 12월에 개관한 곳이라는군. 1900년 파리 만국박람회는 프랑스에게 아주 의미 있는 축제였다. 세계를 선도하는 국가이자 과학 기술에 있어서도 당대 선진국이었던 프랑스는 자신들의 뛰어난 건축 능력을 보여주기 위해 철골로 만든 에펠탑과 더불어 유리 돔과 철근으로 불과 2년 만에 건축된 오르세 기차역을 선보이게 된다.

지금 눈에는 너무나 익숙해 그냥 멋진 건축물로만 인식되겠지만, 1900년도의 눈으로 보면 매우 획기적인 것이었다. 철과 유리 생산량이 현대와 비교할 때 분명한 한계가 있었던 시기에 이런 혁명적 디자인의 건축물을, 그것도 철과 유리를 정확하게 접합하여 만들었으니 당연히 프랑스 최첨단 기술력의 상징으로 바라본 것이다. 그리고 이 건축물이 준 영향 때문인지 이후 유리와 철골이 건축에 적극적으로 활용된다. 근대 산업화 시절 프랑스는 영국 다음가는 최고 선진국이었다. 인상파가 독일, 미국 등 주변 나라에 큰 영향을 미친 것도 결국 프랑스가 한때 이들 국가보다 선진국이었으며 배울 것이 많은 나라였기 때문일 터.

시간이 흘러 오르세역의 기차역과 호텔로서의 역

할이 한계에 다다르자, 프랑스는 고민 끝에 근대 시점을 상징하는 건물에 근대 시대의 회화를 전시하기로 결정한다. 이로써 프랑스의 수도 파리에서는 전 시대의 미술 작품을 감상할 수 있게 되었다. 고대부터 근대 전까지는 루브르박물관, 근대 시기는 오르세미술관, 1차 대전 이후의 현대 미술은 퐁피두센터, 이렇게 세 군데로 나누어 전시하고 있다. 지금의 오르세미술관이 만들어진 목적이자 결과물이었다. 그 결과 현재는?

오르세미술관은 1년에 평균 500~600만 명의 관람객이 방문하는 인상파 미술의 성지로 활동 중이다. 이는 인류 문명의 시작부터 19세기 전반까지 수천 년에 걸친 작품을 전시하고 있는 루브르박물관의 1년 평균 관람객 900~1000만 명과 비교할 때, 불과 100여 년 정도의 역사를 전시함에도 밀리지 않는 경쟁력을 지니고 있음을 보여준다. 다만 현대 미술을 전시하는 퐁피두센터는 300만 명 수준에 불과한데, 아무래도 가면 갈수록 심해지는 현대 미술의 난해함이 그 원인인 듯. 이처럼 인상파는 관람객을 불러 모으는 데 세계 최고 수준의 능력을 지닌 전시 품목인 것이다.

비용은 어느 정도?

문제는 비용이다. 오르세미술관에는 인상파 외에도 19세기에서 20세기 초반까지 활약한 여러 화가들의 작품이 전시 중이나, 아카데미라 불리는 신고전주의 작품은 인기가 어마어마한 정도는 아니니 넘어가고 인상파만 집중해서 보기로 하자. 실제 오르세미술관의 관람객 대부분은 인상파가 있는 5층에 몰려 있으니까.

자, 많은 작가 중에 인상파를 상징하는 화가를 굳이 골라야 한다면 누구든 당연히 모네(Claude Monet, 1840~1926)를 첫 번째로 꼽을 것이다. 인상파의 시작부터 함께한 그는 사실 인상파라는 이름이 세상에 처음으로 등장하게 만든 인물이기도 하다.

Claude Monet. 72

모네 〈인상: 일출(Impression: Sunrise)〉. 파리의 마르모탕미술관에 소장되어 있는데, 오죽하면 이 작품을 보기 위해 해당 미술관을 방문하는 사람이 있을 정도다. 이는 그만큼 세계 예술사에서 남다른 역사성이 있는 작품이기 때문. 결국 이처럼 세계 예술사적 의미를 지닌 작품을 소장하는 것이 뮤지엄의 힘이라 하겠다.

1874년, 그가 무명예술가협회 전시에 출품한 〈인상: 일출(Impression: Sunrise)〉이라는 작품이 있다. 그 작품을 출품하면서 모네는 그림을 그릴 때 가졌던 마음 그대로 제목을 붙였던 것인데, 이를 관람한 비평가가 조롱의 의미로 "정말 인상적이다"라고 비꼬았다. 더 자세히는 다음과 같이 비난했다고 한다.

"인상이라고? 나 역시 그렇게 생각했다. 나도 인상을 받았으니까. (중략) 붓질에 이렇듯 자유와 편안함이라니! 미숙한 벽지조차 이 그림보다 더 완성적일 것이다."

당시 프랑스 살롱의 그림은 정성을 들여 마치 정교한 공예품을 만들듯이 정교하게 그려야만 했다. 주제, 형식, 색 등도 보수적인 미학의 기준에 맞는 그림만이 주목받고 선택되었다. 그런 시대에 대충 그린 것 같은 붓질과 그림 형태는 관람객에게 큰 충격과 함께 이들이 예술을 무시한다는 생각이 들게 만들었나보다. 즉, 이런 비난은 당시 기준으로 볼 때 이것은 예술이 아니라는 의미이기도 했다.

하지만 모네가 선보인 자연의 순간적인 모습을 그려낸 인상주의 그림은 갈수록 많은 사람들에게 공감을 이끌어냈다. 이에 조롱의 의미였던 인상주의가

말 그대로 화풍의 이름으로 자리 잡았으며, 점차 사람들은 이들의 작품을 빛에 의해 순간순간 변하는 사물을 면밀히 관찰하여 그려낸 그림으로 인정하게 된다. 모네의 철학이 서서히 인정받기 시작할 때 선보인 〈건초더미〉 연작과 〈루이 대성당〉 연작이 이전과 달리 놀라운 반응과 함께 불티나게 팔려나간 이유도 그 때문이다. 하나의 동일한 사물을 두고도 아침, 오후, 저녁 등 시간이 지남에 따라 시시각각 변하는 빛의 효과는 마치 다른 사물처럼 다양한 색채를 지닌다는 점. 이것이야말로 인상주의가 표현하고자 하는 철학을 그대로 보여주었기 때문이다.

모네는 말년에 들어 자신이 완성한 기법을 바탕으로 그 유명한 〈수련〉 연작을 그리게 된다. 수련의 아침, 오후, 저녁마다 달라지는 색을 작품으로 표현해 인상주의 전체를 대표할 만한 위대한 결과물을 마지막까지 열정적으로 보여준 것이다. 이에 사람들은 모네를 인상파 그 자체라 일컬을 만큼 인상파의 대표적 화가로 인식하게 되었다. 오래 살면서 근면하게 남긴 작품이 2000여 점에 다다르면서 모네의 작품을 소장하고 있는 장소도 세계 곳곳에 많이 존재하게 된다. 인상파 미술을 전시하고 있는 세계적 미술관에서는 8~10점의 모네 작품을 따로 모아 모네의 방으로 꾸밀 정도다.

결국 모네는 인상파 미술관을 만들고자 하면 필수적으로 있어야 하는 작가다. 그런데 문제는 작품 가격이 만만치 않다는 것. 벽에 걸어두고 전시하는 순간부터 관람객이 감탄할 만한 모네의 작품이라면 최소 300억 원은 되어야 한다. 그래, 한 점 가격이 300억 원. 심지어 모네 그림 중에서도 크기와 질, 또는 스토리적 역사성에서 의미 있는 작품은 1000억 원에 육박할 것이다. 사실 이 정도 가격은 당연한 것일지도 모르겠다. 그는 위대한 인상파의 화가 중 왕이니까.

그렇다면 세계적 수준의 모네 전시관을 꾸미려면 어느 정도 비용이 필요할까? 대충 15점이라 치더라도 13 곱하기 300억 원 + 2 곱하기 1000억 원으로 계산해보자. 2점 정도는 그래도 크기와 질에서 대표작이라 할 만한 것이 있어야 하니. 예를 들어 모네의 〈수련〉 연작 중 크기가 큰 것 등이 그것이다. 13 x 300 = 3900. 그리고 2 x 1000 = 2000. 이 둘을 합치면 3900 + 2000 = 5900, 즉 5900억 원이다. 음, 모네의 방 하나 세계적 수준으로 제대로 만들려면 평촌의 안양시청 부지를 팔고 남은 돈 5207억 원을 다 쓰고도 초과다. 위기네.

축소를 해야겠다. 눈물을 머금고 모네 대표 작품 2점, 그리고 8점의 괜찮은 작품, 이렇게 총 10점으로

세잔 〈과일이 있는 정물〉. 하코네 폴라미술관 소장.

축소하자. 이 경우 2 x 1000 = 2000, 8 x 300 = 2400,
다 더해서 4400억 원이다. 이전 계산에 비해 모네의
방 포스가 조금 하락했음에도 부담스러운 건 여전하
다. 왜냐하면 이름난 인상파 미술관이라면 모네만큼
중요한 작가인 세잔의 작품도 기본적으로 2~3점은
걸어야 하기 때문이다.

　세잔은 인상주의에서 시작했으나 1880년대부터

세잔 〈자화상〉. 도쿄 아티존미술관 소장.

기존의 인상주의 틀에서 벗어나 자신만의 새로운 작품 세계를 모색하는 작가 중 하나가 된다. 그는 자연이 빛을 통해 보여주는 바로 그 순간을 그리던 인상주의에서 벗어나 영속성과 안정성을 지닌 세계, 즉 예술가가 자신의 눈을 통해 재배열한 새로운 차원의 세계를 보여주고자 했다. 이를 위해 세잔은 색채를 무엇보다 중요하게 여겼으며, 사물의 구도나 크기 역시 실제 모습 그대로가 아니라 작가가 보여주고자 하는 균형과 통제에 따라 때로는 다른 구도와 크기의 사물이 한 작품 안에 등장하도록 만들었다. 그의 대표적 작품인 과일이 등장하는 정물화가 바로 그 예 중 하나다.

세잔의 정물화에는 엄격한 구도 아래 접시 및 과일 등이 대상물로 등장하는데, 한 작품 안에서도 어떤 접시는 위에서 내려다본 시점으로, 다른 접시는 옆에서 본 시점으로 그려져 있다. 이렇게 일부러 원근법을 파괴하면서 자연에는 존재하지 않는 작가가 창조해낸 세계에 더욱 집중하도록 만든 것이다. 이 외에도 명암법, 해부학 등 기존의 그림 틀을 과감히 벗어던진 작품을 선보인다. 그리고 그가 선보인 세계관은 이후 피카소의 큐비즘 등에도 큰 영향을 미치게 된다. 즉, 있는 그대로의 세계가 그려진 것이 아닌 작가 의도에 따라 실제로는 존재할 수 없는 새롭게 창조한 세계일지라도 예술로서 인정받고 사람들을 충분히 설득시킬 수 있다는 발판을 만든 것이다.

이에 세잔은 후기 인상파 화가로 불리며 야수주의의 마티스, 큐비즘의 피카소, 추상화의 마크 로스코 등 수많은 후배 작가들에게 대단한 영향을 끼친 작가이자 큰 스승으로 대접받고 있다. 오죽하면 피카소는 세잔에 대해 "나의 유일한 스승 세잔은 우리 모두에게 아버지와 같은 존재였다"라고 말했을 정도다. 그러니 인상파 미술관을 만들려면 세잔의 작품역시 필수 품목이다. 없으면 안 되는 필수적 존재.

세잔의 대표작은 사과가 있는 정물, 그리고 〈생트 빅투아르 산〉 연작, 〈목욕하는 사람들〉 연작, 초상화 등이 있는데, 다 가격이 만만치 않다. 그나마 과일이 등장하는 정물화도 600억 원 이상이 기본이고, 나머지 세 가지 주제로 그린 작품들은 아예 시장에 나오지 않아 1000억 원을 주고도 살 수가 없을 정도로 귀하다. 결국 포기하고 일반적인 세잔 풍경화를 구하려 해도 200~300억 원은 기본이다. 여기에도 족히 1000억 원 이상은 들어간다는 의미다.

이 외로 후기 인상파의 대표 주자 폴 고갱(Paul Gauguin, 1848~1903), 빈센트 반 고흐(Vincent van Gogh, 1853~1890)는 아예 남아 있는 작품 자체가 귀해서, 만일 미술 경매에 작품이 나오면 1000억 원은 있어야 한 점을 겨우 살 수 있을까 말까다. 오죽하면 작품의 질이 좋고 나쁨을 따질 겨를이 없을 정도다.

내 생각에 오르세미술관의 진짜 경쟁력은 그 구하기 힘들다는 고흐, 고갱의 대표작을 잔뜩 소장하고 전시 중이라는 것이 아닐까 싶다. 미국의 메트로폴리탄박물관과 보스턴미술관, 반즈재단미술관

(Barnes Foundation Museum of Art) 등의 인상파 컬렉션도 대단하긴 하지만 모네, 르누아르, 세잔만 어느 정도 따라왔을 뿐 고흐, 고갱은 오르세미술관 수준에 미치지 못하는 것 같다. 아! 보스턴미술관이 소장하고 있는 고갱의 〈우리는 어디서 왔으며, 무엇이며, 어디로 가는가(Where do we come from? What are we? Where are we going?)〉(1897~1898, 139.7×375.9cm)는 제외하고. 이건 고갱 작품 중 최고지. 물론 메트로폴리탄박물관의 고흐 컬렉션 역시 오르세미술관에 비교하여 그렇다는 것이지 기본적으로 탄탄하다. 즉, 이들끼리 비교가 그렇다는 것이고 우리에게는 다 부러움의 대상일 뿐이다.

이야기가 옆길로 샜는데 다시 본론으로 돌아오자. 그나마 모네의 친구였던 오귀스트 르누아르(Auguste Renoir, 1841~1919)는 작품이 많아 쉽게 구할 수는 있지만, 질이 천차만별이라 그 역시 질 높은 작품을 구하려면 최소 수백억 원은 각오해야 한다. 이 외에 마네, 시슬레, 드가 등의 작품도 구해야 하겠지. 이 정도면 인상파는 대충 컬렉션을 갖춘 듯.

오르세미술관 수준으로 인상파 미술을
수집하여 전시한다는 것은?

　솔직히 오르세 수준은 안양시 차원에서 100% 아
니 1000% 불가능하다. 그런 꿈을 꾸는 것 자체가 사
치인 것이다. 혹시 1분기 영업 이익이 5~6조 원인 삼
성전자가 어느 날 갑자기 각성하여 기업 이미지에
맞게 세계적 미술관을 만든다는 계획하에 1년간 영
업 이익을 모아 20조 원으로 도전한다면? 세계에서
가장 현금이 많은 미술관으로 등극해 인상파 미술
수집을 시작할 수 있겠다. 그런 만큼 원하는 작품이
시장에 나오는 것을 기다리는 시간이 매우 오래 걸
리겠지만 천천히 30년 정도 수집하면 오르세 인상파
소장품 수준의 35%까지 가능할 수도. 그 대신 소더
비, 크리스티 미술 경매 중 최고 작품으로 뽑혀 경매

표지 모델로 나온 인상파 작품만 쉬지 않고 30년을 구입해야 한다. 즉, 최소 300억 원 이상 가격의 작품을 30년 동안 매 경매마다 계속 구입해야 한다는 의미. 요즘 인상파 A급 작가 작품은 수량 부족으로 경매에도 잘 안 나오니 돈이 문제가 아니라 작품을 못 구하는 것이 문제인 단계거든.

어쨌든 이렇게 30년을 수집하면, 교과서에 나올 정도의 유명 작품으로 시장에 절대 나올 수 없어 돈으로도 살 수 없는 작품을 제외하면 그 격을 얼추 맞출 수 있을 것이다. 더욱이 돈에 여유가 있으니 서양 중세 미술과 마티스, 샤갈, 피카소, 달리 작품까지도 수집이 가능하겠다. 결국 종합적인 서양 미술관이 만들어질 수 있겠군. 아마 이렇게 된다면 인상파 수집에서 오르세미술관은 그렇다 치더라도 미국과 유럽 등지의 인상파 미술관 수준에 버금가는 어마어마한 서양 미술관이 나올지 모르겠다. 덕분에 세계에서 이곳을 방문하러 관람객들이 모여들겠지. 역시나 삼성이 그럴 리가 없으니 불가능한 꿈이다.

결국 오르세미술관 수준을 한국에 구비하는 것은 사실상 불가능에 가까운 미션임을 알 수 있다. 그나마 미국, 유럽 등지의 인상파 미술관 수준은 한국 최고 재벌이 도전하면 가능할지도 모르지만, 이 역시 설사 결심을 하더라도 돈과 시간이 문제겠다. 이에 다른 모델을 찾아봐야겠다.

3
일본 인상파 미술관

일본과 인상파

인상파 회화가 세계적으로 얼마나 인기가 있는지, 또 그림 값이 얼마나 비싼지 알아보았으니 현실적인 대안을 살펴보기로 하자. 이 대안은 일본에서 찾아볼 수 있다.

일본은 근대화를 시작할 때부터 인상파에 지대한 관심을 가졌다. 유럽의 인상파 화가들 역시 일본 문화에 매우 관심이 높았는데, 이러한 관심을 소위 자포니즘(Japonism)이라 부른다. 19세기 인상파 화가들은 일본의 목판화인 우키요에(浮世繪)에서 새로운 그림의 아이디어를 얻었다. 우키요에 특유의 평면적이면서도 과감한 구성, 그리고 과장된 묘사와 색감이 그것이다. 이에 인상파 화가가 일본을 주제로 그린 그림, 또는 우키요에를 그대로 모방한 그림까지 등장할 정도였다.

유럽의 자포니즘은 근대화를 막 시작한 일본에게도 자부심으로 돌아왔다. 사실 우키요에는 값싸게 보급하기 위해 목판으로 대량 찍어 만든 대중을 위한 미술이었다. 일본에서는 무척이나 익숙하고 저렴한 작품이었던 것이다. 이것이 유럽으로 건너가 세계사적으로 거대한 미술 사조인 인상파에 영향을 주었으니 얼마나 대단한 일인가? 특히 당시 자신들이 목표로 삼고 있던 유럽의 선진국이 그 주인공이었으니….

이 때문인지 지금도 일본에서는 우키요에와 인상파를 연결시키는 전시와 책 등이 종종 보인다. 그뿐만 아니라 어디서든 인상파 특별전이 열리기만 하면 정말 길게 줄을 서서 보는데, 그 열기가 한국에서의 인상파 인기와는 비교가 안 될 정도로 대단하다. 그러한 전시를 할 때는 해당 화가와 일본의 인연을 강조함으로써 관람객들이 인상파를 더욱 가까이 느끼도록 만든다. 즉, 일본인들은 인상파 전시를 단순한 해외 작품 전시로 보는 것이 아니라 자신들의 문화와 동질성을 느끼며 본다는 의미. 여기에다 전시마다 지명도 높은 작품들을 잔뜩 빌려오기 때문에 일본에서만 구경해도 전 세계에 있는 인상파 명품들은

모네 〈일본 의상을 입은 여자〉. 보스턴미술관 소장. 보스턴미술관은
인상파 부분에서 세계적 뮤지엄이다. 모네의 부인 카미유가 기모노를
입고 있는 작품이 보인다.

거의 다 확인이 가능할 정도라 하겠다. 얼마나 많은 인상파 미술품이 일본을 방문했으면 전시 카탈로그나 홈페이지에 "이번 전시에 최초로 일본에 온 인상파 작품은 어떤 것이다"라며 따로 그림과 함께 표시할 정도.

당연히 이렇게 인상파를 사랑하는 나라이니 인상파 작품을 구입하여 소장하는 곳도 무척 많다. 기업이 운영하는 미술관뿐만 아니라 일부 지방 자치 단체에서 운영하는 미술관에서도 규모의 차이가 있을 뿐 인상파 회화를 전시하는 공간이 따로 있을 정도이니 말이지. 이러하니 인상파 대표 작가 모네는 사실상 일본의 국민 작가급 대우를 받고 있다.

인상파를 보여주는 일본 미술관

일본에는 인상파에 대한 관심을 잘 보여주는 미술관이 꽤 많다. 도쿄 우에노 공원의 국립서양미술관을 필두로 하여 하코네의 폴라미술관, 도쿄역의 아티존미술관(구 브리지스톤미술관), 구라시키의 오하라미술관 등이 그것이다.

인상파를 주력으로 내세우는 미술관만 대충 뽑은 것이 그렇고, 인상파를 포함한 서양 미술로 확대해서 보면 훨씬 더 많은 미술관이 있다. 다만 하나같이 대단히 훌륭한 미술관들이나, 경험해본 바 유럽이나 미국 수준에는 분명 미치지 못한다. 일본이 아시아에서는 유일하게 근대화에 성공하면서 19~20세기를 아시아에서 독보적인 국가로 군림했으나, 지역의 한

계와 조금 늦은 출발로 인해 유럽과 미국 수준까지
는 미술품을 수집하지 못했기 때문이다.

그럼에도 불구하고 일본의 인상파에 대한 열기는
대단해 아시아권에서는 유일무이한 수준의 서양 미
술관을 유지하고 있다. 부족한 부분은 3개월간의 특
별전을 통해 세계 각지에 있는 미술관에서 미술품을
빌려와 채우고 있어 한 번 방문하여 볼 수 있는 작품
의 질과 양은 결코 만만치 않다.

그렇다면 일본의 인상파 미술관은 어느 정도 실
력을 보여주고 있을까? 도쿄 중심가에 자리 잡고 있
는 국립서양미술관, 아티존미술관에 대한 이야기는
이번에는 넘어가기로 하자. 이 두 곳은 일본 내 가장
인구가 밀집되어 있는 도시에 있고 교통까지 좋으므
로 기본적으로 지리적 조건이 무척 좋다. 덕분에 관
람객으로 미어터지니까 굳이 안양을 기준으로 볼 때
는 설명할 필요가 없을 듯하다. 물론 소장품의 질 또
한 일본 내에서 다섯 손가락 안에 꼽힐 정도로 높은
미술관이다. 결국 남은 두 곳인 폴라미술관과 오하
라미술관을 이야기해봐야겠군.

폴라미술관

폴라미술관은 후지산 근처 하코네국립공원 내에
있는 미술관으로 온천을 포함하는 자연 환경을 구경
온 관광객들이 들러 미술까지 즐길 수 있는 개념으
로 만들어졌다. 2002년에 개관하여 비교적 최근에
선보인 인상파 미술관이라 하겠다. 미술관은 외부에
서는 건물 일부만 보이게 하고 안으로 깊숙이 파서
만들었는데, 자연 훼손을 최소화하기 위해 선택한
방식이라 하더군. 덕분에 지상에서 에스컬레이터를
타고 조금 내려가면 공간이 점차 넓어지며 미술관과
레스토랑이 보인다. 참고로 이곳 레스토랑의 서양
요리가 참 맛있다. 추천.

인상파가 컬렉션의 중심이므로 역사나 대표 작가

르누아르 〈모자 쓴 여인〉. 도쿄 국립서양미술관 소장. 비슷한 느낌을 주는 모자를 쓴 여인 그림이 폴라미술관에 있으니 기회가 되면 방문하여 확인해보자.

인 모네의 작품이 중요할 텐데, 무려 19점의 모네 작품을 소장하고 있다. 그렇다고 질이 떨어지는 작품이 대다수인 것은 아니다. 모네의 대표작이라 할 만한 〈수련(Water Lilies)〉(1907), 〈에트르타 절벽의 일몰(Sunset at Etretat)〉(1885), 〈뱃놀이(The Pink Skiff)〉(1890), 〈루앙 대성당(Rouen Cathedral)〉(1892), 〈건초 더미(Haystacks at Giverny)〉(1884), 〈생라자르 기차역(Train Tracks at the Saint-Lazare Station)〉(1877), 〈일본식 다리가 놓여 있는 수련 시리즈(Water Lily Pond)〉(1899) 등 모네 수집가라면 갖춰야 할 콘텐츠를 거의 갖추고 있으며, 이 외에도 모네의 풍경화 및 정물화를 다수 소장하고 있다. 19점 곱하기 300억 하면 5700억 원이군. 뭐가? 이 미술관이 가지고 있는 모네 소장품을 최소한의 가치로 환산한 가격이 그렇다는 것. 각 작품마다 제대로 계산에 들어가면 현재 가치로 1조 원은 족히 될 것이다.

모네 외에도 르누아르 17점, 세잔 9점, 고흐 3점, 드가 13점 등을 갖추고 있으며 피카소 20점, 마티스 12점 등등 인상파 바로 다음을 잇는 대가들의 작품 수도 만만치 않다. 참고로 세잔 작품만 보아도 그의 대표작이라 할 수 있는 〈과일이 등장하는 정물화〉, 〈목욕하는 사람들〉, 〈자화상〉 등을 모두 갖추고 있다. 작품 하나하나를 세밀히 질과 종류를 따지며 열정적으로 수집했음을 알 수 있다.

'그래도 일본 미술관이니까' 라며 쉽게 다가갔는데, 이렇게 살펴보고 나니 절대 그럴 일이 아니다. 개인이 수집한 인상파 컬렉션 중에서는 가히 세계적 수준인 것이다. 결국 이 정도 미술관을 갖추려면 현 시가로 3조 원 정도의 돈을 투자해도 부족할 것 같다. 해마다 인상파 미술 가격이 뛰고 있으니 벌어지는 현상이다. 게다가 서양 미술 외에도 서양 공예품, 일본 회화 및 중국 도자기 등도 상당한 컬렉션을 보유하고 있으니. 현재 수집품은 약 9500점이라고 하는군. 9500점에 달하는 컬렉션은 폴라 화장품으로 유명한 폴라 기업의 2대 오너였던 스즈키 쓰네시(鈴木常司, 1930~2000)가 1950년대 후반부터 약 40년간 수집한 것이다. 말이 2대 오너이지 창업자인 아버지가 갑자기 사망하는 바람에 33살부터 사장이 되어 기업을 키워낸 인물이라 한다. 다만 과묵하고 자신을 알리는 것을 좋아하지 않아서 수집 과정에 대한 자세한 이야기는 별로 잘 알려져 있지 않다. 지금은 현 폴라 기업의 오너인 조카와 스즈키 쓰네시의 부인 간에 유산 분쟁이 있다던데, 가십 거리로 떠도는 말이라는 것만 알아두자.

현재 폴라미술관은 하코네 여행의 꽃처럼 유지되

폴라미술관. 에스컬레이터를 타고 내려갈 때의 흥분감은 글로 표현하기 힘들다. 이는 해당 미술관이 지닌 소장품을 곧 볼 수 있기에 나타나는 기쁨이라 하겠다. 반복하여 이야기하지만 뮤지엄의 건축물 디자인이나 전시 공간 형태는 소장품보다 결코 중요한 요소가 아니다. ©황윤

폴라미술관 안에 있는 레스토랑. 대부분의 일본 뮤지엄은 내부에 수준 높은 레스토랑을 잘 갖추고 있어 작품을 감상한 뒤 맛있는 음식을 먹고 돌아올 수 있도록 설계되어 있다. 이는 일본뿐만 아니라 유럽의 미술관에서도 볼 수 있는 시스템이다. 국내에 이런 모습을 잘 갖춘 뮤지엄으로는 공간사옥에 만든 '아라리오뮤지엄 인 스페이스'가 떠오른다. ⓒ황윤

는 것 같다. 가까운 철도역에서 이곳 미술관으로 가는 버스가 있으며 평일에도 사람이 많지만 주말에는 더욱 사람들로 가득하다. 관람객의 뜨거운 열정과 관심은 마치 작은 오르세 같은 분위기다. 관람객 중에는 일본인 외에도 중국인, 한국인, 서양인, 동남아인에 인도인까지 있다. 오죽하면 미술관 구경을 다하고 나와 철도역으로 가는 버스를 타려는데, 정류장에서 기다리고 있는 사람들 숫자마저 국적 불문하고 상당할 정도. 가장 최근에 방문했을 때에는 비가

억수처럼 쏟아지는 날이라 사람이 그나마 적었음에도 정류장에 사람이 많아 돌아가는 버스가 가득 찰 정도였다. 아무리 관광지라 하더라도 이런 시골에 있는 역과 미술관을 연결하는 버스가 1시간에 3~4대씩 있다는 것만으로도 그 인기를 가늠할 수 있다. 하코네 관광을 일부 책임지고 있다고도 볼 수 있겠다.

결과적으로 이 정도 수준으로 만들려면 소장품에만 3조 원 가까이 필요하니 안양시로서는 도전이 불가능하다. 하지만 폴라미술관은 컬렉션 수준이 우수한 미술관이 만들어지면 대도시에서 아무리 먼 거리라도 경쟁력이 충분하다는 것을 보여주는 중요한 증거다. 다만 이곳은 본래 유명한 온천 관광지였던 곳이라 그 조건만 떼서 보면 안양보다 하코네가 사람을 모으기에 더 좋은 조건 같기도 하다. 그렇지만 안양은 대도시 서울 및 인천, 경기도 2500만 명이 마음만 먹으면 방문하기 좋은 교통의 요지라, 음. 그렇다면 위치 면에서는 용호상박.

오하라미술관

다음으로 살펴볼 일본 미술관은 오카야마현 구라시키 미관지구에 있는 오하라미술관(大原美術館)이다. 서울, 부산, 도쿄, 오사카 등 대도시 기준으로 보면 구라시키는 사실 규모가 작은 한적한 도시다. 그러나 방문해보면 관람객 덕분인지 의외로 철도역부터 길마다 사람들로 가득 차 있다.

구라시키 미관지구는 에도 시대부터 메이지 시대까지 만들어진 일본 전통 가옥과 거리, 그리고 도시 중심을 유유히 흐르는 운하가 운치 있게 자리 잡은 곳이다. 한국으로 치면 전주 한옥마을과 유사한 느낌이랄까. 전통 차, 전통 음식, 전통 과자뿐만 아니라 메이지 시대에 마구 들어온 서양식 아이스크림과 파

오하라미술관 전경. 마치 그리스 신전처럼 만든 건물이 인상적이다.

르페 같은 디저트 종류를 파는 가게도 많다. 마치 전주 한옥마을에서 전주비빔밥을 맛보는 것처럼 말이지. 나 역시 단순히 오하라미술관만 생각하고 방문했다가 먹을 것, 볼 것 등이 생각보다 풍부해서 놀랐던 기억이 난다.

이렇듯 관광을 바탕으로 전주와 비슷한 콘텐츠를 가진 도시이나, 전주가 결코 따라갈 수 없는 콘텐츠가 하나 존재한다. 바로 이곳 문화의 중심인 오하라미술관이다. 들어보니 1930년 개관한 일본 최초의 서양 미술관이라 하더군. 오하라 마고사부로(大原孫三郎, 1880~1943)라는 지역 기업가가 만든 사립 미술관이기도 하다. 그의 이름을 따서 오하라미술관. 그런데 1930년이라! 한국 최초의 사립 박물관인 간송미술관이 1938년 개관이니까. 우리가 한반도 유물을 정리하여 개인이 사립 박물관을 세운 때보다 이른 시점에 이미 일본에서는 세계를 이끌고 가는 미술을 수집한 미술관이 개인의 힘으로 세워진 것이다.

그렇다면 일본 최초의 사립 박물관은 언제 만들어졌을까? 1890년 세워진 가와사키미술관이라 하더군. 간송미술관과 비교하면 50년 정도 차이가 나네. 한때는 한반도와 일본 간에 이 정도 격차가 있었던 것이다. 지금은? 최소한 대중문화 부분은 우리가 앞서지 않나? 우리도 이제 유럽, 일본과 삶의 수준에서는 비슷한 레벨의 선진국이니까. 그런 만큼 이들과 비교하여 약세였던 미술관과 박물관만 어느 정도 따라잡는다면 진정한 문화 강대국이 될 것이다.

어쨌든. 그리스 신전 양식의 오하라미술관 본관에는 역시나 모네, 르누아르, 세잔, 고갱 등 인상파 작품들이 메인으로 전시되어 있다. 이 외에도 프랑스에 가야 볼 법한, 지식이 미천한 내게는 익숙하지 않은 동시대 작가 작품도 많이 있다. 특히 미술관이 수집한 인상파 중 모네, 르누아르, 세잔 등의 작품에는 각기 에피소드가 남겨져 있는데, 도록과 이곳 미술관 홈페이지에 그 내용이 자세히 나와 있다.

모네의 〈수련〉의 경우, 다음과 같이 구입하게 된 일화를 소개해놓았다. 1920년 화가 고지마 도라지로(兒島虎次郞, 1881~1929)는 프랑스 파리 교외에 살던 모네를 만났다. 당시 79세였던 모네를 만난 고지마 도라지로는 "일본에서 당신의 그림을 공개하고 싶으니 꼭 작품을 달라"며 간곡히 부탁했고, 그 결과 그림을 받았다는 일화다. 어느덧 대가 중 대가로 인정받던 노년의 모네에게 그림을 얻기란 그 누구도 쉽지 않은 일이었는데, 열정적인 설득에 모네가 그림을 선뜻 내준 것이다. 이처럼 이 미술관의 작품 상당수는 모네와 같은 인상파 화가들이 활동할 때나 사후 얼마 되지 않은 시점에 구입했다고 한다. 이 에

모네 〈건초더미〉. 오하라미술관 소장. 건초더미와 주변 풍경이 잘 어울리는 대단히 아름다운 작품이다. 한국에서도 비슷한 작품을 빠른 시 전에 소장하여 볼 수 있기를 바랄 뿐.

피소드를 통해 일본 사업가가 어떻게 동시대 유럽 작가들의 작품을 수집할 수 있었는지 파악할 수 있다.

모네를 설득하여 그림을 받은 '고지마 도라지로'라는 인물이 바로 그 비밀의 열쇠였다. 고지마 도라지로는 오카야마 출신으로 당시 서양화가가 되기 위해 근대 예술의 중심지인 프랑스에서 미술을 공부하려고 프랑스어까지 배운 열정적인 인물이었다. 그는 화가 지망을 반대하던 할머니를 설득하여 도쿄 미술학교로 진학한다. 이후 고향 사업가 오하라 마고사부로를 만나고 오하라 가문의 장학생이 되어 동경하던 유럽으로 떠날 수 있었다.

이렇게 좋은 기회를 얻어 유럽 특히 파리에서 많은 미술품을 눈으로 직접 확인하면서 눈이 트였는지, 그는 오하라 마고사부로에게 유럽 미술품을 수집할 것을 강력하게 권유한다. 일본인도 일본 작가에 의해 모방된 서양 작품이 아닌 진짜 유럽 미술을 봐야 하며, 이것이 바로 일본 미술을 위해 필요한 일이라고 설득한다. 그렇다. 100년 뒤의 한국에서 내가 하고 싶은 말을 고지마 도라지로가 이미 했던 것이다. 이에 수집을 결심한 오하라로부터 전적으로 재정적 지원을 받아 유럽에 체류하며 열심히 작품을 수집하였다. 그것이 오하라미술관 수집품의 기초가 된다.

이처럼 오하라미술관은 동시대 유럽 미술을 이해하고 어떤 작품이 좋은 것인지 판단이 가능한 인물을 통해 작품 선별을 하였기에, 일부 실패도 있었으나 좋은 작품을 꽤 수집할 수 있었다. 결국 예술은 단순히 돈이 있다고 수집이 가능한 것이 아니다. 미술품 수집을 위해 좋은 눈과 귀가 되어줄 사람이 매우 중요함을 알 수 있다. 컬렉터 본인이 해당 미술에 대한 전문가가 될 수 없다면, 그를 대신하여 도와줄 전문가가 분명히 필요하다는 의미이기도 하다. 그래야 수집 과정에서 실패율이 떨어지고 더 좋은 작품을 구할 수 있게 되니까.

　　한편 고지마 도라지로는 귀국 후 얼마 지나지 않아 47세의 젊은 나이로 사망하였다. 미래가 창창했던 인물의 아쉬운 죽음을 애도하던 오랜 후원자이자 친구였던 오하라 마고사부로는 그의 작품을 모아 미술관을 세운다. 그 결과 지금도 고지마 도라지로의 작품은 그가 눈과 귀가 되어 수집한 유럽 대가들의 작품과 함께 오하라미술관에 걸려 있으니, 이 역시 뜻깊은 스토리텔링으로 남게 된다.

역시나 만만치 않은 내용

오하라미술관을 방문했을 때 나는 소장가와 수집을 도와준 화가의 우정을 확인하면서 깊은 감동을 받았다. 작품 개수나 전시 공간 자체는 유럽이나 미국만큼 엄청나게 크지 않으나 꽤나 알차게 구성되어 있어 만족할 만한 미술관이다. 당연히 인상파 작품을 보기 힘든 아시아 기준으로 본다면 충분히 경쟁력이 있는 장소라 하겠다.

그런데 이곳에는 잘 알려진 서양 미술 외에도 일본 근대 미술, 이집트 및 중국 유물도 전시하고 있으니, 실제 목표는 작은 규모의 루브르였는지도 모르겠다. 나 역시 서양 미술보다 이곳의 이집트, 중국 조각을 감상하는 데 시간을 더 보냈던 기억이 있다. 방문 당시 미술관 직원이 조용히 다가와 곧 문을 닫는다고 할 때 마지막까지 집중해서 감상하던 작품은 다름 아닌 중국 불상이었다. 그만큼 질이 높다는 의미.

어쨌든 문제는 이곳 역시 우리에게 적용하기는 쉽지 않다는 것. 근대 일본의 한 사업가가 당대 문화의 중심국이었던 프랑스의 그림을 샀다는 것은 분명 대단한 일이다. 물가나 화폐 가치 등을 볼 때 최고 선진국이었던 프랑스의 회화를 후발 주자가 구입하려면 대단한 부담이 생길 수밖에 없었다. 게다가 먼 바다를 건너 운반해야 하니. 그러나 당시에는 나름대로 부담을 가지고 진행한 일이지만 그 결과는 엄청났다. 현재 오하라미술관 수준의 서양 미술품을 갖추려면 어느 정도 금액이 필요할까? 글쎄. 최소 1조 5000억 원은 필요할 것이다.

결국 안양시청을 옮기고 만든 돈 5207억 원으로는 유럽, 미국은커녕 실제로는 일본 수준의 인상파 미술관을 만드는 것도 거의 불가능하다는 결론이 나온다. 즉, 인상파의 주요 작가 작품을 어느 정도 구비하고 부족한 부분은 다른 시기의 여러 서양 작품으로 보완하여 1시간 30분 정도 구경거리를 보여줄 수 있는 전시관을 만든다고 치자. 이때 비용 면에서 소장품에만 최소 1조 5000억 원은 들어가야 가능한 것이다.

그러나 이번 프로젝트의 본래 목표였던 어떤 한 분야에서 일본을 넘어 아시아 최고 수준으로 선보이려면 인상파의 경우 도쿄 우에노 공원에 있는 국립서양미술관을 넘어야 할 테니, 최소 작품 수집에만 3~4조 원은 필요할지도 모르겠다. 국립서양미술관은 일본에서 서양 미술 분야 최고봉이니까. 솔직히 말하면 어느덧 높아진 경제력과 자본을 지닌 한국에서 불가능한 일은 결코 아니나, 쉽지 않은 액수임은 분명하다. 하지만 방법이 없는 것은 아니지.

미술품 기증 제도

2014년, 세계적 기업인 현대자동차 그룹은 강남 삼성동 한전 부지를 감정가의 3배가 넘는 무려 10조 5500억 원에 매입하여 놀라움을 준 적이 있다. 또한 2021년, 삼성전자는 오직 배당금으로만 13조 원을 주주에게 지급했다. 그 결과 삼성 오너가 얻은 배당 수익은 한 해에 무려 7000억 원에 육박한다. 그뿐만 아니라 현재 한국 상위 40여 개 상장사가 현금성 자산으로 보유하고 있는 돈의 액수만 200조 원이 넘는다. 1조 원 이상의 국내 부자 숫자도 어느덧 50명 수준을 넘어가고 있다. 그 외에 수백억 자산가와 그만큼의 재산을 지닌 스포츠 스타 및 연예인 숫자도 크게 늘어나 만만치 않다. 이는 국내를 넘어 높아진 한국의 신뢰도에 따라 세계 무대를 두고 움직이는 시장이 구축되며 생겨난 거대한 부라고 하겠다. 선진국이 된 만큼 앞으로도 해외 진출은 계속 이루어질 전망이고.

그뿐만 아니라 인상파를 포함하여 역사성 있는 서양 미술품을 특A급으로 전시할 수 있는 수준까지 수집하는 데는 보통 20~30년의 시간이 걸린다. 즉, 대단한 수준의 기존 컬렉션을 단번에 포괄 구입하는 것이 아니라면 당연히 한 번에 3~4조 원이 필요한 것이 아니다. 오히려 1년에 1000~2000억 원 규모로 꾸준히 수집한다면 가능한 프로젝트인 것이다. 이처럼 어느덧 선진국이 된 한국에는 돈이 없는 것이 아니다. 상상력과 실천 의지, 그리고 그에 필요한 제도가 부족한 것이지.

그렇다면 어떤 방식이라야 세계적 수준의 서양 미술관, 그러니까 최소한 아시아에서 일본을 넘는 수준의 서양 미술관 건립이 가능할까?

우선은 한국을 대표하는 대기업이나 재벌이 앞장서서 본보기를 보이며 미술품 수집과 미술관 건립에 나서는 방법이 있을 것이다. 20~30년에 걸친 오랜 수집 과정과 오너의 영향력에서 벗어난 독립적 미술재단 설립, 그에 맞는 수준 높은 미술관 건축물 등 여러 복잡하고 어려운 포인트를 이끌고 갈 수 있는 국내 유일한 집단이기도 하다. 하지만 미술관 운영에 대한 깨끗하고 독립적이면서도 대중을 위해 헌신한다는 뚜렷한 목표가 없으면 지지를 받기 힘들 수 있다.

그동안 한국 기업들이 세운 미술관에 대중이 비판적인 눈을 가진 이유는 해당 미술 재단을 기업 승계 과정이나 개인적인 부를 상승시키는 데 활용한 일이 너무나 잦았기 때문이다. 오죽하면 미술관을 세웠으면서 전시되는 작품은 독립적 미술관 재단 소속이 아닌 오너의 개인 소장품으로 둔 경우가 무척 많았다. 즉, 미술품 수집으로 개인의 부를 축적하면서도 미술관을 앞세워 국가 지원을 받고 절세도 꾀하는 형식이다. 이러니, 대중은 재벌이 만든 미술관에 대해 신뢰를 가질 수가 없었지. 결국 공공성이 부족한 미술관은 설립 취지를 대중에게 이해시키기 어렵거든.

두 번째로는 미술품 기증 공제 제도이다. 미국의 메트로폴리탄박물관은 80%, 뉴욕현대미술관(MoMA)은 71%, 보스턴미술관은 78%, 휘트니미술관은 99%의 소장품이 다름 아닌 기부 작품으로 이루어져 있다. 이는 미술품을 기부하면 세금 혜택을 주는 제도가 미국에서 잘 운영되고 있기에 가능한 수치라 하겠다. 당연히 어마어마한 부자뿐만 아니라 한두 작품 예술사에 의미 있는 작가의 작품을 소장하고 있는 사람도 기부에 따른 혜택을 받을 수 있다. 이에 여러 사람과 기관에 의해 기부가 이루어지면서 미국은 빠른 속도로 세계적인 박물관을 여럿 구성하게 된 것이다.

문화 기부 제도는 미국뿐만 아니라 영국, 프랑스, 독일 등 여러 선진국도 운영하고 있는 제도이다. 이 제도가 운영된 가장 큰 이유는 자국 내 문화재와 미술품이 국외로 반출되는 것을 막기 위함이었다. 컬렉터 사후 소장품이 뿔뿔이 흩어지고 그 과정에서 중요한 작품이 해외로 팔려나가는 일이 자주 생기자, 아예 상속인들이 국가에 기부하면 그에 합당한 절세가 가능하도록 한 것이다. 국가에 기부한 작품들은 여러 주요 뮤지엄에 분배되면서 해당 국가 국민들은 세계 예술사에 기록될 만한 작품을 쉽게 접할 수 있는 좋은 기회를 얻게 된다. 그리고 지금은 관광 자원으로도 적극 활용 중이다. 물론 아무 작품이나 쉽게 받아주는 것이 아니다. 예술사적 가치가 있는 명품이 바로 그 주인공인 것이다.

바로 이 제도가 한국에 제대로 자리 잡으면, 분명 질과 양에서 과거와 비교할 수 없는 기부가 이루어지겠지. 현재 국내 미술품 기부의 거의 대부분 형태인 국내 작가가 본인이 보관하고 있던 자신의 작품을 말년에 들어와 대거 기부하는 수준이 아니라, 여러 부호들이 세계적 미술품들을 기증하는 방식이 될 테니까. 문제는 국내에 아직 법과 제도가 제대로 마련되지 않았다는 점. 있기는 한데, 거의 사용하기 힘들 정도로 법 모양만 대충 구비해둔 형태다. 이는 우리 사회에 여전히 "미술품 = 사치품" 또는 "미술품 = 검은돈"이라는 인식이 있기 때문이다. 이에 세금 혜택에 대하여 특혜라 보는 관점이 크며, 그 결과 문화기부 제도 역시 구색만 겨우 갖추고 있는 것이다.

결국 예술의 가치를 바라보는 눈이 소장가뿐만 아니라 대중 역시 바뀌는 순간부터 필요한 제도 구비가 가능해진다. 그럼에도 난 믿고 있다. 이 제도를 통해 언젠가 일본을 넘는 서양 미술관이 이 나라에 세워질 날이 분명 올 것이라 말이지. 한국이 선진국이 되는 과정 중 이보다 더 힘든 사회적 합의와 결정도 끝내 해냈으니까.

그럼 다시 본래 하던 시뮬레이션으로 돌아와서 인상파 소장품을 대거 보여주는 뮤지엄은 안양 규모에서는 사실상 힘들다고 치고, 그렇다면 다른 방법이 없을까? 세계에서 최고 인기 있다는 인상파 작품 소수로 미술관을 대표하게 만들면서도 효율적으로 활용하여 관람객을 모으는 방안? 그러니까 그나마 안양시도 가능한 목표? 지금부터 찾아보기로 하자.

MUSEUM

4
소수 정예로
승부하는 미술관

고흐와 이중섭

한국에서 예술을 좋아하면서 네덜란드 출신의 고흐(Vincent van Gogh, 1853~1890)를 모르는 이는 아마 거의 없을 듯하다. 외국 화가임에도 웬만한 국내 작가보다 훨씬 유명하며, 또한 천재 작가의 전형적인 이미지를 우리에게 남겨서 더욱 인상 깊다.

"한 천재 화가가 자신의 세계관을 완성하여 작품을 그렸으나 사람들은 그림의 가치를 알아주지 않았고 결국 정신병을 앓고 외로워하며 자살로 인생을 마감했는데, 사후 인기가 크게 뜨면서 이제는 작품 하나하나가 보물처럼 대우받게 된다."

고흐 〈자화상〉. 런던 내셔널갤러리 소장. 그림 속 고흐의 뜨거운 눈빛은
한 번 보면 결코 잊히지 않는다.

바로 이 교과서적인 전형이 그것이다. 고흐의 스
토리텔링은 한국에도 큰 영향을 미쳤는데, 젊은 나
이에 정신병을 앓다가 요절한 근현대 화가 이중섭

(李仲燮, 1916~1956)에게 고흐와 비슷한 이미지를 입혀서 사후 흥행하는 작가로 만들었기 때문이다. 즉, 작가의 작품 세계나 미술사에 끼친 영향 등을 보기보다 그의 극적인 삶을 부각시켜서 감상 포인트를 구성한 것이다. 어쨌든 덕분에 고흐는 세계를 대표하는 불행했던 천재 화가가 되었고, 이중섭은 한국을 대표하는 불행했던 천재 화가가 되었네.

그런데 두 작가의 그림 값은? 이중섭은 그의 정체성을 표현했다고 알려진 〈소〉 그림으로 무척 유명하다. 이중섭을 대표하는 〈소〉 그림 중에서 가장 비싼 가격에 경매에서 낙찰된 것은 2018년 서울옥션에 나온 47억 원이다. 대단한 액수가 아닌지.

그렇다면 고흐의 그림은 얼마일까? 1990년 뉴욕 크리스티 경매에서 미술품 경매 사상 최고가에 낙찰된 〈가셰 박사의 초상〉이 8250만 달러로, 당시 우리 돈으로는 580억 원이었다. 다만 그때만 해도 달러 환율이 700원대였기에 정확한 비교는 안 되겠군. 최근 기록으로는 2017년 〈들판의 농부〉가 뉴욕 크리스티 경매에서 8130만 달러에 낙찰되어 고흐 작품 중 역대 2위로 높지만, 원화로는 900억 원 정도라 1위라 하겠다. 그런데 두 경매 결과를 보면 알 수 있듯이 고흐의 작품 중 고가의 낙찰은 대단히 드물게 나옴을 알 수 있다. 오죽하면 미술 작품 가격이 여러 번 폭등

이중섭 〈소〉.

을 한 현시점에도 30여 년 전인 1990년에 낙찰된 금액이 최고가를 유지하고 있을 정도니까.

사실 고흐는 아를(Arles) 시기, 생레미(Saint-Rémy) 시기, 오베르(Auvers) 시기에 그려진 그림을 중요하게 평가하고 있다. 즉, 1888년 2월부터 1890년 7월까지 불과 약 3년간 그려진 작품이 바로 그것이다. 우리가 딱 보는 순간 '고흐구나' 하는 작품들이 바로 이때 그려졌다. 그리고 1890년, 겨우 37세의 나이로 자살하여 생을 마감했으니까. 이처럼 마지막 삶의 시기에 그를 대표하는 그림들이 그려졌음을 알 수 있다.

그런데 짧고 굵게 그려진 그의 작품들은 네덜란드에 위치한 반고흐미술관이 초기 작품을 포함 무려 유화 200점을 독점하듯 소장하고 있는 데다 이름난 대표 작품은 오르세미술관이 거의 다 소장하고 있다. 그나마 남은 작품도 이름난 주요 미술관이 이미 거의 다 소장하고 있어 시장에 나올 만한 고흐 그림이 워낙 적다. 그 결과 세계적인 미술 경매에서도 전성기 3년간의 작품은 거의 볼 수 없으며, 그나마도 초기작 외에는 찾기 힘들다. 다만 초기작은 고흐만의 느낌이 아직 완성되지 않은 상태라서 가격 역시 고흐 작품치고 저렴한 편이다. 저렴하다고 해도 수십억 수준이지만. 오죽하면 국내 미술 경매 시장에도 고흐 초기작이 등장했을 정도.

여하튼 결론으로 돌아와서, 고흐는 우리 돈으로 900억 원까지 거래가 되었음을 알 수 있다. 이중섭 작품과 비교해보니 20배 정도 가격이 높네. 이는 세계에서 사람을 모으는 인기 작가와 한국에서만 인기 있는 작가와의 격차라고 볼 수 있겠다. 그런데 고흐를 대표하는 작품은 다름 아닌 〈해바라기〉다. 예술을 좋아하는 대중들이 이중섭 하면 소가 떠오르듯이 고흐 하면 해바라기가 떠오를 정도니까. 즉, 고흐의 〈해바라기〉를 소장하고 있다면 그 한 점 만으로도 감히 고흐 작품을 소장했다고 전 세계적으로 홍보할 수 있는 힘을 갖출 수 있는 것이다. 그러니 지금부터 고흐의 〈해바라기〉를 더 깊숙이 알아보자.

고흐의 〈해바라기〉

오사카를 방문했을 때다. 어느 날 오사카시립동양도자미술관 북쪽으로 갤러리와 고미술 상점이 모여 있는 거리를 걸었다. 그러다 한 갤러리에 들어가 익숙한 듯 점장과 인사한 뒤 대화를 나눈다. 겉으로 보기에는 일본 근대 화가 작품 몇 점 걸려 있는 작은 전시관이나 실제 이곳 소장품은 대단한 수준이다. 참고로 일본은 갤러리나 고미술 상점을 점장(店長)이라 하여 50~60대의 경험 많은 인물이 관리하고, 실제 주인은 기업가나 부동산 재벌인 경우가 많더군. 간혹 주인 중 이름난 연예인도 있다. 이날은 어쩌다 보니 인상파에 관해 대화를 하게 되었는데, 점장이 재미있는 이야기를 하는 것이다.

"고흐의 〈해바라기〉 아시죠? 도쿄에 있는."

"아. 네. 손보재팬 빌딩에 있는 것 말이죠?"

"사실 그 〈해바라기〉를 두고 마지막까지 경쟁하던 3인 중 한 명이 이곳 갤러리 주인입니다."

"아! 정말요?"

1987년, 크리스티 경매에 출품된 고흐의 〈해바라기〉. 고흐를 대표하는 최고의 작품인지라 전 세계 많은 사람들이 도전했었다. 그중 최종 승리를 한 것은 일본의 한 보험회사였다. 낙찰 금액은 58억 엔으로 당시 우리 돈으로 340억 원. 현재 도쿄 신주쿠에 있는 회사다.

"그때 해바라기를 도쿄에 놓치고 얼마 지나서 일본 버블이 붕괴되었죠."

"아. 그렇군요."

"원래 고흐의 〈해바라기〉를 구입하면 오사카에도 도쿄 국립서양미술관 같은 서양 미술관을 건립하려 했는데, 결국 무산되고 말았습니다."

그 갤러리 주인은 고흐의 〈해바라기〉를 구하면 오사카에 서양 미술관을 세우려 했다고 한다. 실제

고흐 〈해바라기〉. 도쿄 손보미술관 소장.

이 갤러리는 모네, 르누아르, 세잔, 마티스, 피카소, 샤갈 등의 작품을 여럿 소장하고 있는데, 그중 모네의 경우 〈수련〉과 같은 대표작을 소장하고 있었다. 그럼에도 미술관의 주인공이 될 만한 작품으로 고흐의 〈해바라기〉를 노리다가 실패하는 바람에 다른 주인공 급 그림을 찾느라 시간을 더 지체하게 된다. 그러다 얼마 뒤 버블 붕괴로 일본 경제가 휘청거리자 미술관 건립의 꿈은 포기한 채 갤러리만 운영하게 된 것이다. 수집한 주요 인상파 작품은 지금도 대부분 소장한 채.

그렇다면 왜 고흐 하면 〈해바라기〉가 가장 먼저 떠오르게 된 것일까? 고흐가 프랑스 동남부 아를(Arles)에 1년 남짓 살던 시절, 그는 동료 화가인 고갱과 함께 노란 집에서 살며 작품 활동을 하고자 했다. 바로 이 시기에 고흐는 그림에 자신감이 붙으며 따스하고 아름다운 작품을 많이 탄생시켰으니, 그중하나가 바로 〈해바라기〉다. 당시 고흐는 노란 집을 해바라기 그림으로 장식하여 허름한 방을 꾸미고자 했다. 오죽하면 자신에게 생활비와 미술용품을 지원하는 동생에게 보낸 편지에도 다음과 같이 썼다.

"고갱과 함께 아틀리에에서 살 것을 기대하고 있으며, 방의 장식을 만들고 싶다. 그것도 큰 해바라기만으로."

하지만 설레던 기대와 달리 고갱과 함께 살면서
문제가 발생한다. 두 사람은 작품을 그리는 방식과
철학을 두고 다투기 시작해 겨우 2개월 만에 고갱은
노란 집을 떠나버렸고, 고흐는 다툼 과정에서 화가
났는지 자신의 귀를 잘라버리는 자해 소동을 일으켰
기 때문이다. 이 뒤로 고흐는 정신병이 심해져서 병
원을 다니며 살다가 몇 년 뒤 죽음을 맞이한다. 결국
〈해바라기〉는 그가 뜨거운 예술 감정을 지니고 미래
에 대한 행복감을 지녔던 매우 짧은 시기에 그려낸
아름다운 자화상이었던 것이다. 이에 고흐를 추모하
는 사람들은 〈해바라기〉를 통해 좌절된 고흐의 열정
과 꿈을 이해하고자 했고, 그 결과 현재 고흐 하면
〈해바라기〉가 떠오를 정도로 대표작이 된다.

이처럼 단 한 점의 중요 작품, 즉 미술관의 얼굴이
되려면 유명한 작가의 작품인 것에 더해 스토리텔링
이 남달라야 한다. 당연히 이런 작품을 구하는 것은
대단히 의미가 있는 작업이라 하겠다. 그렇다면 고
흐의 〈해바라기〉는 어떤 미술관이 소장하고 있을
까?

영국 런던의 내셔널갤러리, 네덜란드 암스테르담
의 반고흐미술관, 독일 뮌헨의 노이에피나코테크,

고흐 〈해바라기〉. 런던 내셔널갤러리 소장. 일본 뮤지엄은 작품 사진을 못 찍게 하는 경우가 많은 반면, 유럽과 미국은 작품 촬영이 자유로운 편이다. 한국에도 고흐 작품을 소장한 뮤지엄이 생긴다면 사진을 자유롭게 찍도록 해주면 좋겠다.

미국 필라델피아의 필라델피아미술관, 그리고 일본 도쿄의 손보미술관이다. 이 미술관들에 있는 5점을 고흐의 〈해바라기〉 중 주요 작품으로 꼽는다. 그런데 직접 〈해바라기〉를 보면 예상외로 크기가 크고 색감도 강렬하여 무척 인상적이다. 나는 5점을 다 보지는 못했지만. 여하튼 이 중 몇 점을 보기는 했으니까.

고흐의 〈해바라기〉를 소장하고 있는 유럽, 미국 미술관은 워낙 쟁쟁한 곳들이라 관람객이 본래 많지만, 특히 고흐의 〈해바라기〉를 보기 위해서는 붐비는 인파 속에서 고생을 좀 해야 한다. 아니면 숙소에서 자고 아침 일찍 미술관이 열리자마자 달려가서 〈해바라기〉를 우선 보고 난 후 다른 작품을 관람하든가.

이 중 도쿄의 손보미술관은 일본의 초현실주의 화가인 도고 세이지(東鄕靑兒, 1897~1978)를 기념하는 곳이라 하더군. 일본 최초의 빌딩 고층 미술관으로서 1976년에 개관해 오랫동안 사랑받아온 '도고세이지기념손보재팬닛폰코아미술관'이 부지 내에 신축된 미술관동으로 이전하면서 2020년에 '손보미술관'이라는 이름으로 개관하였다. 도고 세이지는 일본에서 꽤나 유명한 화가였고, 작품 역시 직접 보면 멋진데 가격은 그리 비싸지 않다. 2000만 원 정도면 30호 유화 한 점을 살 수 있을 정도다.

참고로 도고 세이지는 한국의 추상화가 김환기의 스승이라는 사실. 김환기 작품 가격은 100억 원을 넘긴 상황인데, 스승은 수천만 원이면 좋은 작품 하나 구할 수 있다니. 재미있는 현상이다. 다만 일본 갤러리 쪽 사람과 이야기해보면, 우리 돈으로 약 20억 원이 넘는 작품을 기준으로 일본 고객들은 가능하면 자국 작가의 작품보다 세계 미술사에 이름을 남긴 작가의 작품을 고른다고 한다. 반면 한국에서는 2010년 이전까지만 해도 같은 돈으로 세계 미술사에 족적을 남긴 작가보다는 국내 근현대 작가의 작품을 샀다. 근래 들어오면서 드디어 국내 작가보다 해외 현대 미술을 구입하는 분위기로 전환되었지만. 이에 근현대 서양화 가격만 비교해보면 한국 작가의 것이 일본 작가의 것보다 체감상 훨씬 비싸다. 개인적으로 볼 때 근현대 서양화 기준으로 비슷한 작품 수준이면 한국이 보통 일본의 5~10배 정도 비싼 느낌이다.

이는 국내에 작품을 매수하려는 인물에게 조언을 할 수 있는 미술 전문가가 없거나 전문가 자체를 경시하는 풍조가 있기 때문에 나오는 현상으로 느껴진다. 당장 한국 미술 수집가가 인상파 미술을 산다고 해도 국내에서 도움을 받을 방법은 그리 많지 않다. 그러나 일본은 다르지. 자국 내 인상파를 취급하거나 해외에 루트가 있는 곳도 많으니까. 이것이 미술을 구입하고 소장하는 과정에도 큰 영향을 주면서 세계적 미술품을 일본은 많이 가지고 있지만 한국은 여전히 별로 없는 결과를 만든 것이 아닐까.

또 다른 곳으로 말이 좀 흘렀는데, 다시 돌아와서. 그렇게 손보미술관은 원래는 도고 세이지를 기념하여 세운 미술관이지만, 막상 방문해보면 사실상 단한 점의 고흐 〈해바라기〉를 주인공으로 삼은 곳이며 뮤지엄 숍에는 고흐 관련 다양한 상품까지 갖추고 있다. 그리고 크게 비용이 들지 않는 해외 특별전을 주로 개최하면서 전시 공간 마지막 부분에 무조건 고흐의 〈해바라기〉를 볼 수 있게 해두었다. 어떤 전시를 가져오든 결국 이곳에서는 〈해바라기〉를 위한 전시인 것이다.

이런 방식의 느긋한 미술관 운영임에도 1년에 약 18만 명 정도의 관람객이 들어온다고 한다. 계산해보면 표 값만 23억 원 정도의 매출이다. 뮤지엄 숍에서 판매되는 굿즈까지 합치면 30억 원은 되겠군. 이 미술관의 기획 전시 수준에 맞추어 들어가는 비용을 대충 생각해볼 때 매년 5~10억 원 이상은 남길 듯하다. 참고로 고흐의 〈해바라기〉를 구입한 돈은 관람객 표 값으로 이미 오래전 다 충당했다고 하는군. 한때 고흐의 〈해바라기〉가 도쿄에 들어오자 일본인들이 오직 이 한 점을 보기 위해 줄 서서 관람하여 불과 10년 만에 낙찰금을 채웠다고 하니까.

이처럼 세계적으로 유명세 있는 화가의 가장 대표되는 작품이 한 점만 있어도 미술관은 큰 힘 들이지 않고 꽤나 많은 관람객을 끌어들일 수 있음을 알 수 있다. 이런 방법이라면 안양도 가능하지 않을까? 다만 고흐의 〈해바라기〉가 가능할지는 잘 모르겠다. 만약 시장에 나온다면 이제는 최소 3000억 원은 주어야 구입할 수 있을 테니까. 아, 참. 전성기 시절 그려진 고흐의 〈해바라기〉는 이미 미술관에 들어간 5점 외에 딱 한 점만이 개인 소장으로 남아 있다. 여러 미술관 소장품들보다 조금 작은 작품이기는 하나 별수 없이 이걸 노려야 한다. 경매에 나오는 순간 유럽, 미국, 일본, 중국, 중동 등의 최고 부자들과 경쟁해야 되겠지만. 그러니 3000억 원 정도는 던질 각오를 해야겠지.

한 작가의 대표작을 주인공으로

또 다른 예를 찾아보자. 고흐의 〈해바라기〉 한 점
이 시장에 나올 때까지 기다리는 것도 힘들고, 한 점
을 위해 안양시청을 옮기고 남은 5207억 원 중에서
무려 3000억 원을 투입하는 것도 무리일 수 있다. 물
론 고흐의 〈해바라기〉를 구입하는 순간 세계 유명
언론들이 모두 주목하면서 안양은 단번에 세계적으
로 유명한 도시로 올라서겠지만. 그리고 전 세계 관
람객들이 오직 이 작품을 보기 위해 모여들겠지. 서
양이나 일본 미술 애호가들의 작품에 대한 열정과
관심은 상상 이상이거든. 그렇다면 아예 안양시 로
고마크를 당당하게 해바라기로 바꿔도 된다. 예술적
이고 멋지잖아? 상상은 여기까지 하고 패스.

모네 〈수련〉, 오랑주리미술관 소장. 모네의 〈수련〉을 전시한 바로 이 공간이 준 영향은 남다르다. 이에 여러 후대 작가와 뮤지엄에서도 이와 유사한 공간을 갖추려는 노력이 끊임없이 이어지게 된다.

다음은 한 작가의 작품을 주인공으로 삼아서, 즉 사실상 해당 미술관 지분의 80% 이상을 차지하게 만들어서 대성공한 예를 가져와보자.

우선 프랑스 파리의 오랑주리미술관(Musée de l'Orangerie)은 모네의 〈수련〉으로 유명하다. 모네가 그려낸 수많은 〈수련〉 중 특별히 제작한 거대한 〈수련〉을 방 하나 가득이 채워 전시하고 있는데, 어디서도 만날 수 없는 이 놀라운 방 때문에 어마어마한 명성을 떨치고 있다. 한 노년의 대가가 예술 인생에 남길 그림을 그리겠다는 열정으로 그린 작품이 전시되어 있어, 오죽하면 단순한 예술 전시실이 아니라 종교적인 숭고함까지 느껴질 정도다.

오랑주리미술관은 방 하나 가득한 모네의 〈수련〉이 워낙 유명하긴 해도 르누아르, 세잔, 마티스, 피카소, 모딜리아니 등 명품도 기본적으로 갖추고 있다. 결국 인상파 중심으로 근대 프랑스 미술을 꽤나 수집해 만든 형태라 할 수 있다. 그러나 한 작가의 대표 작품을 단순한 미술관의 주인공 이상으로 만들어서 남다른 개성을 지닌 공간으로 알려지게 된 오랑주리미술관은 이후 여러 미술 전시관에 직간접적으로 영향을 미친 듯하다.

예를 들어 미국 텍사스주 휴스턴에 위치한 로스코 예배당(Rothko Chapel)은 미국을 대표하는 추상화가 마크 로스코(Mark Rothko, 1903~1970)의 작품으로 내부를 완전히 채운 장소이다. 추상화 팬들에게는 나름 성지처럼 느껴지는 곳인가보다. 언젠가 나도 기회가 되면 가보고 싶지만 위치가 휴스턴이라. 음. 만일 휴스턴미술관을 보러 간다면 그때 가야겠다. 그런데 이곳의 전반적인 작품 전시 모습에서 오랑주리미술관의 모네 전시관이 느껴지는 것은 어쩔 수 없는 듯하다. 나만 그런 것은 아닐 듯.

일본 지바현에 위치한 가와무라기념DIC미술관(DIC川村記念美術館)도 개인적으로 오랑주리미술관 느낌이 난다. 마찬가지로 추상화가 마크 로스코의 최고 대표작인 〈레드(Red)〉를 7점 수집하여 한 공간에 가득 채워 전시하고 있는데, 그 공간이 마치 오랑주리미술관의 모네 작품을 전시한 방 분위기가 나며 그만큼 어마어마한 에너지가 느껴진다. 덕분에 세계를 대표하는 마크 로스코 미술관으로 알려졌으나 그 외 다른 공간에 유럽, 미국 회화를 제법 알차게 전시하고 있어서, 그 규모나 전시 방식에서 오랑주리미술관과 대단히 비슷한 느낌을 준다.

가와무라기념DIC미술관을 방문하여 놀란 점은 세계 추상화를 대표하는 작가의 최고 대표작을 수집한 컬렉터의 열정이었다. 그와 비교하여 한국은? 그나마 현대 작가 중에서는 세계적 작가의 작품을 수집한 장소가 조금씩 등장하고 있으나, 그럼에도 해당 작가의 인생 최고 작품을 수집한 곳은 별로 없다. 이제는 한국에서도 최고 작가의 인생 최고 작품을 보고 싶군. 기왕 수집하여 전시하고자 목표를 삼았으면 한 분야 최고 작가의 최고 작품을 보여주면 얼마나 아름다운 일일까?

그러나 이 정도에서 끝낼 이야기가 아니고 정말 소개하고 싶은 미술관이 하나 더 있다. 오랑주리미술관이 선보인 개념 그 자체를 더욱 개성적으로 강조하여 아예 독보적인 미감으로 선보인 미술관이 있기 때문. 일본 가가와현 세토나이카이 나오시마 섬에 있는 지추미술관(地中美術館)이 그곳이다. 이곳에는 모네의 대형 〈수련〉이 한 점 걸려 있고 그 외 〈수련〉 4점이 벽을 장식하고 있는데, 바로 이 모네의 대형 〈수련〉을 위해 미술관이 존재한다고 해도 과언이 아니다.

파리의 오랑주리미술관에 있는 대형 〈수련〉 연작 이외에 2x4m 이상의 대형 〈수련〉은 전 세계에 불과 9점이 있다고 한다. 거의 다 미술관 소장이고 그중 단 한 점이 개인 소장이었다. 그것을 일본의 사업가 후쿠다케 소이치로(福武總一郎, 1945~)가 개인 소장가를 직접 설득하여 2000년 전후 구입한 것이다. 2 x 6m 크기의 대형 〈수련〉이었다. 구입 가격은 오랜 기간 철저히 비밀로 하더니, 1991년부터 2006년까지 나오시마 섬 프로젝트를 진행했던 수석 큐레이터이자 미술 기획자의 2018년 책에 의해 드러났다. 60억 엔으로 당시 한국 돈으로 약 700억 원 정도. 만일 지금 같은 크기의 〈수련〉이 미술 경매에 나온다면 3000억 원은 가볍게 넘을 것이다.

그럼 지금부터 지추미술관을 더 자세히 살펴볼까.

지추미술관

지추미술관을 설명하기 전에 잠시 흥미로운 이야기를 하자. 일본은 미술을 좀 수집했다는 재단이나 재벌, 더 나아가 여러 지역 미술관과 이름난 갤러리라면 모네의 〈수련〉이 한 점 이상은 소장되어 있는 듯하다. 실제 모네는 만년에 〈수련〉을 200점 이상 그렸다고 하는데, 이 〈수련〉을 일본인들은 무척 좋아했고, 더 나아가 1970~1990년대에 특히 경쟁적으로 수집했다. 아무개는 모네의 〈수련〉이 있는데, 내가 공개적으로 미술품을 수집하는 사람으로서 〈수련〉이 없다면? 시쳇말로 모양 빠지는 일이니까.

비슷한 시기에 비슷한 열기가 한국에도 있었으니, 고려 불화를 가지고 국내 고미술 수집가들끼리 경쟁이 붙은 적이 있었다. 현재 삼성이 5점, 호림박물관이 2점, 우학문화재단이 2점, 아모레퍼시픽미술관이 1점 등을 소장하고 있는데, 이들은 1970~1990년대에 한국 고미술 시장에서 대표적인 큰손으로 활동했었지. 그 과정에서 삼성이 1979년 일본에서 나온 고려 불화를 미국을 통해 처음 입수해오자 다른 재단에서도 경쟁적으로 해외에서 수집해오면서 현재의 모습까지 온 것이다. 우리가 그 귀한 고려 불화를 해외가 아닌 국내에서 볼 수 있게 된 것도 바로 이 뜨거운 경쟁의 결과라 할 수 있다.

이처럼 어떤 작품이 수집가의 명성에 필수적인 요소로 인식되면 그만큼 사회적으로 경쟁적인 수집이 이루어진다. 당연히 그 결과는 대중이 풍족한 문화를 쉽게 접할 수 있는 시대가 된다는 것이다. 그렇다면 일본에서 모네 〈수련〉 수집의 결과는 어떠했을까?

1. 도쿄 국립서양미술관: 1916년 작(1점)
2. 도쿄 아티존미술관: 1903년 작, 1907년 작(2점)
3. 도쿄 후지미술관: 1908년 작(1점)
4. 지바현 가와무라기념DIC미술관: 1907년 작(1점)
5. 시즈오카현 MOA미술관: 1918년 작(1점)

6. 군마현 군마현립근대미술관: 1914~1917년 작 (1점)

7. 가나가와현 폴라미술관: 1899년 작, 1907년 작 (2점)

8. 오사카 이즈미시 구보소기념미술관: 1907년 작 (1점)

9. 교토 아사히맥주오야마자키산장미술관: 1907년 작, 1914~1917년 작 2점(3점)

10. 오카야마현 오하라미술관: 1906년 작(1점)

11. 후쿠오카 기타큐슈시립미술관: 1916~1919년 작(1점)

12. 가고시마현 가고시마시립미술관: 1897~1898년 작(1점)

13. 지추미술관: 1915~1926년 작, 1914~1917년 작 2점, 1917~1919년 작, 1916~1919년 작(5점)

다 합치면 21점이고 그 외로 개인이나 재단 또는 갤러리 소장품이 몇 점 더 있으니 대충 24~25점이다. 모네가 〈수련〉을 200여 점 그렸는데 그중 10% 정도가 일본에 있는 것이다. 한국은 이건희 사후 소장품으로 〈수련〉 한 점이 등장했으니 숫자에서 20배 이상 차이가 나는군. 한편 〈수련〉 이외에 일본 내 모네 작품을 모두 합친다면? 숫자나 질 모두 만만치 않기

니오시마 섬 항구 도착지에서 바라본 전경. 저 멀리 일본이 배출한 세계적 예술가 구사마 야요이(Kusama Yayoi)의 〈호박〉이 보인다. 지추미술관은 역시나 일본 뮤지엄답게 내부 사진은 촬영 금지라 외부 사진만 찍어보았다.

에 유럽이나 미국도 인정할 만한 수준 높은 모네 전시를 하나 기획하여 세계에 내보낼 수 있을 정도라 하겠다. 이렇게 모네의 〈수련〉을 경쟁적으로 수집하던 나라에서 모네를 위한 미술관이 만들어졌으니 그곳이 다름 아닌 지추미술관이다.

일본에 나오시마라는 섬이 있다. 그리 크지 않은 작은 섬인데, 예전에는 구리 제련소가 있었던 장소라 한다. 산업 폐기물 처리 시설과 불법 폐기물 투기 문제로 몸살을 앓던 이곳을 누군가가 새롭게 디자인하여 예술 공간으로 바꾸는 사업을 진행한다. 그 인물이 앞서 설명한 모네의 대형 〈수련〉을 구입한 후쿠다케 소이치로였으며, 그가 운영하는 베네세 그룹의 주도로 섬 자체를 미술관처럼 꾸미기 시작했다. 이에 몇 개의 미술관과 전시실, 그리고 마을 구석구석에 볼거리를 만들어 관광의 숨결을 불어넣었다. 그리고 후쿠다케 소이치로는 개인 재산을 기증하여 미술관 재단을 설립, 예술의 섬 나오시마를 만들게 된다.

그 결과 2004년 일본이 자랑하는 건축가 안도 다다오(安藤忠雄, 1941~)의 건축연구소에서 설계한 지추미술관에는 모네의 2x6m 크기의 〈수련〉을 포함한 총 5점의 〈수련〉을 위한 장소가 마련되었다. 이 공간은 신발을 벗고 들어가 경건한 마음으로 감상할 수 있도록 구성되어 있는데, 전체 공간이 오직 모네의 〈수련〉에 딱 맞추어 디자인되어 있어 묘한 분위기를 연출한다. 나 역시 완전 새하얀 벽 속 모네 작품을 보는 것은 새로운 경험이었다. 그 외에도 지추미술관에는 현대 작가 제임스 터렐과 월터 드 마리아의 작품이 전시되어 있으며, 하나같이 바로 그 작품을 전시하기 위한 공간에 설치되어 있어 딱 맞아떨어지는 형태로 관객을 맞이한다. 그러나 사실상 주인공이자 미술관 지분의 거의 대부분을 차지하는 것은 모네라고 하겠다.

이렇듯 모네를 너무나 사랑하는 일본이 모네를 위해 봉헌하듯 만든 공간, 지추미술관은 얼마 후 건축물과 작품이 물아일체가 된 그 완성도만큼 어마어마한 명성을 갖추게 되었다. 오죽하면 2010년을 기점으로 관람객 숫자가 폭발적으로 늘어나더니, 섬에 국제 예술제라는 축제가 개최될 때는 무려 100만 명 정도, 없을 때도 한 해 60만 명의 관람객들이 일부러 교통이 불편한 이곳까지 배를 타고 방문하고 있다. 나 역시 배를 타고 갔는데 교통이 불편했음에도 나름 묘한 설렘이 있었으며, 섬을 방문하는 사람의 국적도 다양해 보였다. 일본, 한국, 중국, 미국, 유럽 등등. 온갖 인종이 모네를 참배하기 위하여 일본의 그 작은 섬으로 가는 것이다.

모네 〈수련〉, 지추미술관 소장, 200×600,5cm, 1997~1999년까지 미국 뉴욕, 보스턴, 그리고 영국 런던까지 이어지던 "20th century exhibition monet" 전시에 등장했던 현재 지추미술관 소장 모네 수련. 지추미술관은 안에서 사진을 찍지 못하며, 더 나아가 사진 외부 공개마저 엄격히 제한하는 관계로 런던 전시 때 사진을 가져와보았다.

하지만 처음 이곳에 미술관을 건립할 때만 하더라도 보수적인 지역 주민의 반대를 설득하는 과정이 보통 힘든 것이 아니었다고 한다. 인구는 줄고 살기도 힘든데 무슨 미술관? 이런 분위기가 있었다고 하니까. 이에 예술 프로젝트에 지역 주민을 직접 참여하게 하는 방식으로 오랜 기간 서서히 설득을 시키면서 현재의 모습까지 만들어낸 것이다.

이렇듯 한 명의 작가를 위해 만들어진 공간으로 미술관을 설계하는 것은 정말 멋진 아이디어이다. 그래서일까? 나오시마 섬의 성공을 보고 한국에서도 많은 기관이나 관심 있는 사람들이 방문하였다고 하는데, 여전히 한국에서는 그 정도의 매력적인 공간을 선보이지 못하고 있다. 정확히는 나오시마처럼 압도적인 분위기를 못 만들고 있다. 그 이유는 무엇?

당연하지. 한국의 그곳에는 세계 미술사에 이름을 강하게 남긴 위대한 작가, 더 나아가 그 대가가 남긴 작품 중에서도 그를 대표하는 최고 수준의 작품이 없으니까. 결국 대표 작품부터 제대로 구입을 하고 난 뒤에야 이런 프로젝트가 성공적으로 구성될 수 있는 것이다. 그렇다. 다시 한 번 언급하지만 미술관의 최고 콘텐츠는 결국 작품이다. 결코 카페, 상점, 건축물, 사진 찍기 좋은 풍경 등이 아니다.

이렇게 쭉 보니 안양시청을 옮기고 남은 5207억

원으로 오직 모네에게 집중 투자한다 하더라도 쉽지
않은 모습이다. 모네 그림 가격 자체도 지추미술관
을 준비하던 시기에 비해 몇 배가 올랐으니, 이전에
'모네의 방'을 만들 것을 예상하고 계산을 간단히 해
본 후 예산상 두 손을 들었던 것처럼 비슷한 결론이
도출되기 때문이다. 또한 모네 외에 이런 개념으로
하나의 대가를 위한 장소를 만들어서 흥행시킬 수
있는 인상파 작가도 떠오르지 않는다. 세잔은 미술
사에서 모네와 어깨를 나란히 하는 위대하고도 위대
한 화가이나 시장에 남아 있는 작품 수가 적고, 르누
아르 역시 좋지만. 음. 약간 명성은 이 둘에 비해 밀
리지?

이렇듯 살펴본 결과 인상파를 중심으로 한 근대
서양 미술관을 만드는 방법, 또는 인상파 한 명의 대
가 작품을 부각시켜 미술관을 구성하는 방법 모두
안양시 능력으로는 사실상 힘들다고 볼 수 있겠다.

그렇다면 인상파 대신 현대 작가 작품을 소수 부
각시켜 전시하면 어떨까? 예를 들어 팝 아트의 대가
앤디 워홀과 로이 리히텐슈타인, 최근 대단한 유명
세를 얻고 있는 카우스(KAWS), 뱅크시(Banksy) 등.
지금은 몰라도 10~20년 후에는 이들 역시 현재 인상
파 인기의 20~30% 반응을 만들 수 있을 것이다. 가
격도 인상파보다는 아직 저렴하고. 그러나 이런 예

측도 이들 작가를 대표할 만한 최고 작품을 소장하고 있을 때나 가능하다 하겠다. 또한 팝 아트가 아무리 뜨거워도 순간적 인기는 몰라도 지속성에서는 인상파 인기를 넘기란 쉽지 않을 것이다. 아니, 팝 아트 외에 다른 어떤 현대 미술을 다 포함해도 말이지.

왜냐면 인상파는 근대 미술을 새롭게 연 시작이자 최초의 현대 미술로서 대중이 널리 인식하고 있는 만큼, 현재 인류가 만든 사회 시스템을 대신할 새로운 시대가 열릴 때까지 최고로 의미 있는 미술로 취급받을 테니까. 그렇다면 앞으로도 최소 200년 정도는 최고 미술로 인정받지 않을까나.

MUSEUM

5
이집트는 가능할까

다음 주제는 이집트

조사 결과 세계에서 최고로 인기 있는 인상파를 주인공으로 하는 미술관은 안양 능력으로 쉽지 않다는 것이 드러났다. 그러니 지금까지 꾸던 꿈을 포기는 하지 말고 잠시 멈춘 뒤 다음 주제로 가보자. 국내 국립중앙박물관을 포함하여 세계적인 박물관에서 특별전을 할 때 인상파 다음으로 인기 있는 주제, 즉 2위가 이집트라는 사실을 이전에 잠시 언급했었다. 오죽하면 박물관 특별 전시와 관련해서 "세계 어디서도 이집트 전시로 흥행에 실패한 적이 없다"라는 이야기가 공공연하게 있을 정도도. 이유가 뭐냐고? 피라미드, 미라, 스핑크스, 파라오, 상형 문자 등 현대인이 볼 때도 신비하고 흥미로운 요소가 가득하기 때문.

그렇다. 그렇다면 지금부터는 이집트 박물관의 가능성에 대해 조사해볼 때다. 이집트만 해도 사실 국내에 없는 내용이니까. 아, 아니. 아시아까지 범위를 확대해도 무척 드문 주제이기도 하다. 그런 만큼 조사 결과에 따라 인상파와 달리 안양의 능력만으로도 아시아 최고의 이집트 전시실을 만들 수 있다는 자신감을 얻게 되면 좋겠는데.

자. 이집트 하면 금세 떠오르는 이미지는 아무래도 다음과 같을 것이다. 앞서 잠시 언급했듯이 피라미드, 스핑크스, 미라, 상형 문자, 이집트 신, 파라오, 투탕카멘, 고고학…. 고고학? 그렇다. 바로 고고학이다.

나폴레옹(Napoléon, 1769~1821)의 이집트 원정 이후 프랑스, 영국의 학자들은 이집트를 집중 연구하기 시작하였고, 그 과정이 쌓이면서 기억에서 사라졌던 고대 이집트가 어떤 나라였는지 서서히 밝혀지기 시작한다. 무엇보다 프랑스 학자 장프랑수아 샹폴리옹(Jean-François Champollion, 1790~1832)이 이집트 상형 문자를 읽는 방법을 밝혀내자 고대 이집트인들의 생각과 사상을 직접 해석하고 이해할 수 있게 되었다. 그 결과 고대 이집트의 세계관은 유럽에서 선풍적인 인기를 이끌어냈다. 19세기 들어와

프랑스 학자 장프랑수아 샹폴리옹.

갖추어진 근대적 고고학 연구과 결합하며 잊힌 미지
의 영역이 개척된 것이다.

이에 유럽의 근대화를 이끌던 영국, 프랑스에 이
어 다음 근대화 주자인 독일, 이탈리아, 오스트리아
가, 더 시간이 지나니까 미국이, 현대로 들어와서는
일본까지 고대 이집트 연구에 큰 관심을 두게 된다.
어느덧 고대 이집트 연구는 한 나라의 고고학 수준
을 평가하는 객관적 기준처럼 인식되고 있었다. 그
뿐만 아니라 고대 이집트 연구에 적용되던 다양한

고고학 조사 기법들이 근대 이후 여러 국가로 이식되면서 다양한 지역의 고고학에도 적용되어 큰 영향을 미치게 된다. 사실상 고대 이집트는 인류 역사에서 중요한 부분일 뿐만 아니라 근대 이후 고고학 분야에서도 중요한 역사가 된 것이다.

그래서인지 몰라도 자연스럽게 한국에서도 이집트 학문을 연구하는 학자들이 조금씩 나타나고 있다. 여전히 대중의 무관심 덕분에 한국 학자들은 외로운 경쟁 속에 있다지만, 글쎄? 언제까지 이 상황이 지속되리라 생각되지 않는다. 왜냐하면 한국도 이제 선진국이라 불리는 나라가 된 만큼 한국 것을 넘어 세계적인 학문에도 어느 정도 성과를 보여야 대접을 받는 시기가 됐기 때문이다. 예전에 이집트 관련 궁금증이 생겨 일본 이집트학 전공 학자에게 이메일을 보낸 적이 있다. 그 학자가 반가워하면서 답하길 "미국 유학 시절 한국 유학생과 이집트학을 같이 공부했다"며 한국에도 전공자가 있음을 강조했던 것이 기억난다. 참고로 난 영어를 잘하지 못해서 궁금증이 생겨도 서구권 사람들에게 이메일을 보내본 적은 없다.

여하튼 다시 돌아와서. 이런 분위기의 연속인지는 몰라도 국립중앙박물관에서는 2019년 12월에 미국 브루클린미술관에서 빌려온 이집트 유물을 바탕

국립중앙박물관 이집트 전시실. 특별전이 아닌, 국내 박물관의 상설 전시에 이집트 유물이 전시된 역사적인 장면이다. 비록 2년이라는 한정된 기간 동안의 상설 전시이긴 하지만 세상 모든 것은 한 발자국씩 전진하니까. ⓒ책읽는고양이

으로 2년이라는 한정된 기간 동안 이집트 전시실을
만든다. 비록 작은 규모에다 한시적이라고 하나 이
집트 상설 전시실이 국내에 생긴 놀라운 사건이라
하겠다. 그리고 국립중앙박물관이 선보인 이 작은
규모만 해도 아시아 전체 어떤 이집트 전시실보다
내용과 질적인 면에서 상당한 수준이다. 즉, 이 정도
규모만 구성해도 충분한 가능성이 보이는 것이다.
물론 아시아 최고 수준에다 국내를 넘어 타국의 관
광객까지 방문할 정도가 되려면 그 이상의 질과 양
을 담보해야겠지만. 그럼에도 인상파 때와 비교해
희망이 좀 보이는데?

뉴욕 메트로폴리탄박물관 이집트 전시실

뉴욕 여행 당시 나는 메트로폴리탄박물관 방문을 가장 중요하게 여겼다. 뉴욕의 수많은 볼거리 중 가장 가고 싶은 곳이었기 때문이다. 마침 뉴욕 도착 날 운 좋게 숙소에서 미국 유학 중인 한인 학생을 만나서, 영어로 듣고 말하는 것은 그에게 맡길 수 있게 된다. 그 대신 나는 작품 설명을 해주기로 하고 우리 두 사람은 다음 날 메트로폴리탄박물관에 함께 가기로 했다. 아침 일찍 독일, 오스트리아 예술을 전시한 노이에 갤러리(Neue Galerie, 2001년 설립)가 문을 열자마자 들러 클림트 작품을 본 후, 다음 코스로 방문해보니 역시나 메트로폴리탄은 메트로폴리탄이더라. 20세기 세계 최강대국인 미국이 자금을 동원하

ROBERT
FRANK

THE AMERICANS

ERPIECE
LKMAID

Watteau, Mus

뉴욕 메트로폴리탄박물관 전경.미국을 상징하는
박물관답게 그 규모와 수준이 남다르다. 반면 한
국을 상징하는 박물관은 우리의 경제 규모와 문화
수준에 비해 어떠한지? 이제 국내를 넘어 해외 소
장품 수집에서도 진지한 노력이 필요할 때다.

여 만든 곳이라 그 규모부터 만만치 않았다.

우선 이 박물관의 역사를 보면 다음과 같다. 미국의 독립 기념일인 1866년 7월 4일, 파리의 어느 레스토랑에서 프랑스에 거주하던 미국인 기업가들이 조국의 독립을 기억하고 축하하기 위해 모임을 가졌다. 이 자리에 존 제이(John Jay, 1817~1894)라는 변호사가 외교관 자격으로 참석해 청중들 앞에서 연설을 한다. 그는 미국이 영국으로부터 독립한 지 백 년이 다 되어가지만 제대로 된 박물관 하나 가지지 못한 상태에 대해 안타까워하며, 미국인들도 높은 미술을 향유하고 예술 교육을 받을 수 있도록 루브르 같은 박물관을 지어야 한다는 주장을 하였다. 그러자 그 자리에 모인 미국인 기업가들이 박수를 치며 그 목표의 실현을 함께하기로 맹세하였고, 그로부터 불과 4년 뒤인 1870년에 임대 건물에서 소박하게 메트로폴리탄박물관이 만들어졌다. 그리고 1880년에 뉴욕 센트럴 파크에 있는 지금의 위치로 옮기게 된다.

이렇게 큰 목표를 지니고 시작되었으나 문제는 짧은 미국의 역사만큼이나 그때까지 수집한 유물이나 미술품이 별로 없다는 점이었다. 이에 이디스 워튼(Edith Wharton, 1862~1937)은 그녀의 소설 《순수의 시대》에서 19세기 후반 메트로폴리탄박물관에 대해 다음과 같이 묘사한다. "관람객이 없어 고독으로 썩었다." 사실 이때만 해도 미국은 지금처럼 세계 최강대국이 아니라 가능성이 있는 일개 개발도상국에 불과하였기에 영국, 프랑스, 독일, 이탈리아 등 선진국으로 가득한 유럽만큼의 힘이 없었다. 그러니 모을 수 있는 작품군도 한계가 있었나보다. 오죽하면 당시에는 유명한 회화 작품을 인쇄한 복제품이나 석고로 만든 재현품을 수집하여 전시하는 형편이었다.

그러나 1902년, 기관차 제조업을 운영하던 기업가 제이콥 S. 로저스(Jacob S. Rogers, 1823~1901)가 박물관에 500만 달러를 기증하면서 분위기가 크게 달라졌다. 그 당시 500만 달러는 현재 시가로 1억 5000만 달러 정도이니, 한국 돈으로는 1800억 원 정도라 하겠다. 이렇게 큰돈이 들어오자 박물관은 과감하게 작품 수집에 나설 수 있게 되었고, 이후 제이콥 S. 로저스의 영향으로 뉴욕을 기반으로 하는 많은 미국 부자들의 후원과 기부가 놀라울 정도로 늘어나면서 작품 숫자와 질 역시 크게 좋아졌다.

소장품 숫자가 늘어나니 반대로 박물관 공간이 갈수록 협소해진다. 이에 20세기 초반부터 박물관 증축이 계속 이어지게 된다. 현재의 신고전주의 양식의 거대 박물관 건물이 세워지는 계기가 된 것이다. 그리고 어느덧 메트로폴리탄박물관 소장품 숫자

뉴욕 메트로폴리탄박물관의 덴두르 신전. 이 공간은 가히 메트로폴리탄을 상징하는 공간으로 유명하다. 오랜 세월 세계의 다양한 문명을 전시 중인 메트로폴리탄에도 이곳이 가장 상징적인 공간으로 자리 잡은 것을 보면 이집트 유물이 지닌 세계사적 의미를 잘 이해할 수 있다.

덴두르 신전. 마치 이집트에 위치한 신전처럼 앞에는 조각상을 배치해두었다.

는 총 300만 점이 되었으니, 1866년 유럽의 문화 수도였던 프랑스 파리에서 박물관을 만들자고 일부 미국인들이 맹세했을 때와 비교해보면 어마어마한 성과를 이루어냈음을 알 수 있다. 한때 미국이 모방하고자 했던 파리의 자랑 루브르박물관이 불과 38만 점의 수집품을 가지고 있으니까.

이처럼 미국은 앞으로 한국 뮤지엄이 가야 할 길을 선보인 것이다. 미국이 영국으로부터 독립한 지 백 년이 되어가던 1866년 파리에서 메트로폴리탄박물관 건립의 싹이 움텄던 것처럼, 마침 제국주의 일본으로부터 독립한 지 백 년이 가까워지는 지금 한국에게도 좋은 기회가 왔으니까. 한국도 어느덧 경제 규모와 문화 수준을 볼 때 과거처럼 작품을 살 돈과 문화를 즐길 여유가 없어서라는 핑계는 댈 수 없게 되었잖아?

만일 1902년 뉴욕의 제이콥 S. 로저스처럼 1800억 원 정도의 돈을 국립중앙박물관에 기증하는 기업인이 등장한다면 지금과 차원이 다른 해외 소장품을 구입 전시할 수 있을 것이다. 미국에는 이런 식으로 주(州)와 해당 지역의 사람들이 함께 지원, 기부, 노력하여 만든 메트로폴리탄박물관, 보스턴미술관, 필라델피아미술관, 시카고미술관, 클리블랜드미술관 등이 존재한다. 그리고 그저 미국 한 개 주를 대표하는 이 미술관들의 세계 미술 컬렉션은 한국을 대표하는 국립중앙박물관의 몇 배 이상이다.

어쨌든 이처럼 시작은 미약했으나 수많은 기업인들의 지원으로 어느덧 세계적 박물관으로 올라선 메트로폴리탄박물관. 그런데 이 박물관을 상징하는 최고의 공간이 있으니 바로 이집트 덴두르 신전(The Temple of Dendur)이 아닐까 싶다. 윌 스미스 주연의 2007년 영화 〈나는 전설이다〉에서 주인공이 낚시를 하는 뉴욕의 텅 빈 박물관이 다름 아닌 메트로폴리탄박물관의 덴두르 신전이니 말이지. 그 정도로 상징성이 크다고 할 수 있겠네.

당연히 나도 이 신전을 보고 감탄을 하였다. 아주 어릴 적 아버지의 미국 유학 시절에 함께 뉴욕을 방문했을 때도 본 기억이 얼핏 남아 있는데, 그때는 멋도 모르고 단순히 크니까 멋지다고 놀란 것이었고, 이번에는 고대 유물임에도 현대식 박물관과 너무나 어울리는 모습에 감탄을 했다. 덴두르 신전은 기원전 15년경 만들어졌고, 1965년 이집트 정부가 미국에 기증한 것이다. 해체되어 미국으로 운송된 성전을 다시 짓기 위한 미국 내 여러 기관의 제안을 물리치고, 1967년 미국 정부는 덴두르 신전을 메트로폴리탄박물관에 기증하기로 결정했다. 이를 위해 메트로폴리탄박물관은 정성을 다해 덴두르 신전을 위한 맞춤 공간을 새롭게 디자인했고, 그 결과 1978년부터 현재의 모습으로 선보이게 된다.

메트로폴리탄박물관은 신전 앞으로는 연못을, 후면에는 경사진 벽을 설치하여 각각 이집트의 나일강과 암벽을 상징하도록 했으며, 센트럴 파크 쪽으로는 창을 만들어 자연광이 자연스럽게 들어오도록 만들었다. 본래 덴두르 신전이 있었던 이집트의 분위기를 관람객들이 상상할 수 있도록 한 것이다. 이렇게 세밀한 감각으로 만들어진 이집트 전시실은 약 2000년이라는 시대 차이에도 불구하고 고대 유적과 현대 박물관이 너무나 잘 어울리는 장소로 탄생된다.

이처럼 잘 갖춰진 이집트 전시실을 한 바퀴 쓱 돌아보니 금방 감각을 찾게 되어 같이 온 한인 유학생에게 이집트 역사와 유물을 쭉 설명해줄 수 있었다. 역시 역사는 한번 공부해두면 두고두고 쓸 수 있다는 것을 느꼈다.

아부심벨과 덴두르 신전

　메트로폴리탄박물관은 근대 이전 작품을 소장하고 있는 파리의 루브르박물관과 달리 이집트, 메소포타미아, 인도, 중국, 일본, 한국, 동남아시아, 그리스, 로마, 유럽 중세 미술, 인상파, 현대 미술 등 인류의 모든 역사를 포괄적으로 다 갖추고 있는 곳이다. 다만 불법 유출이나 약탈이 아닌 제 가격을 주고 제대로 수집한 유물이라는 점을 무척 강조하더군. 미국 박물관의 홈페이지에도 소장된 유물의 입수 시기, 수집에 들어간 자금을 지원한 재단 등 세세한 내용이 기록되어 있는데, 이 역시 소장품 수집 과정의 투명성을 보이기 위한 모습으로 생각된다. 개인적으로 박물관 유물 정보의 투명성에서는 미국이 단연 세계 1위라 생각한다.

그래서인지 몰라도 소장 중인 세계 각국의 유물 중 약탈 문화재로 밝혀진 것은, 유럽의 여러 유명 박물관들과는 달리 그나마 적극적으로 반환하는 곳으로 잘 알려져 있다. 그 예야 무척 많지만 지금 이야기 주제인 이집트 것으로 하나 찾아본다면, 2017년, 메트로폴리탄박물관에서 400만 달러에 구입한 고대 이집트의 황금 미라 관(棺) 이야기가 있겠다. 메트로폴리탄박물관은 조사 결과 도난당한 유물이라는 사실을 알게 되자 이를 곧 이집트에 반환했다.

사건의 경위는 다음과 같다. 북아프리카와 중동 국가들의 반정부 시위 및 혁명인 '아랍의 봄'으로 이집트가 대단히 혼란스럽던 2011년에 도난당한 이 황금 관에는 약 2000년 전인 고대 이집트 프톨레마이오스 왕조(기원전 305~기원전 30) 시기에 활동한 사제 '네드제만크'의 미라가 들어 있었다. 어느 박물관에 전시되더라도 당당히 공간의 주인공 역할을 할 만한 대단한 유물이다. 이 황금 관은 이집트에서 두바이의 한 창고로 밀반출된 후 독일로 옮겨져 복원 작업이 이뤄졌으며, 이후 밀매를 위해 프랑스로 옮겨진 뒤 2017년 뉴욕에 도착한다. 도난 유물을 정상 구입한 것처럼 가장하는 데 약 6년에 걸친 작업이 있었던 것이다. 그러나 미국 검찰 수사로 수출허가증

아부심벨 신전. 세계 어디에 사는 누구라도 최소한 사진으로는 본 적이 있는 매우 익숙한 유적이다.

등이 위조됐다는 사실이 드러나면서 그 전모가 밝혀졌고, 이를 근거로 하여 2019년 반환이 이뤄졌다.

이집트 수도 카이로에 위치한 이집트 국립박물관에서는 미국으로부터 유물을 돌려받은 직후 이 고대 황금 관을 전격 세계 언론에 공개하며 이집트와 미국 간 강력한 연대감이 있음을 전 세계에 보여주었다. 또한 이집트 고대유물부는 도난 유물에 대한 법에 따라 매입가 400만 달러를 손해 볼 수 있음에도 불구하고, 장물인 것을 알자 바로 반환해준 메트로폴리탄박물관의 신속하고 올바른 판단에 찬사를 보낸다. 고미술이 만일 장물일 경우 매입한 이의 권리도 함께 사라지기 때문. 결국 이집트는 이번 사건을 통해 유럽 등 다른 국가들에게도 미국을 본받으라고 공개적으로 알린 것이다.

이 외에도 이탈리아, 그리스, 동남아시아 유물 등등 일부 소장품이 불법 유출이나 약탈품으로 드러나자 메트로폴리탄박물관이 해당 국가로 유물을 반환한 예가 무척 많다. 이는 비단 메트로폴리탄박물관뿐만 아니라 미국의 여러 박물관이 대체적으로 가지고 있는 규칙이기도 하다. 아무래도 유럽의 박물관과 이 부분에 큰 차별성을 두어 도덕성 문제에서 탈피하고 현 국제 질서를 운영하는 대표 국가로서의 위신을 갖추려는 것이 아닐까? 19세기 제국주의 시대를 기반으로 한 유럽 국가와 20세기 이후 세계를 지배하고 있는 미국 간에 국제 질서를 바라보는 차이점을 보여주기에 무척 상징적인 부분이라 할 수 있겠다.

그렇다면 메트로폴리탄박물관에 전시 중인 이집트 유물도? 당연히 제값을 치르고 구입한 것들이다. 예를 들어 박물관의 상징인 덴두르 신전의 경우 이집트의 아부심벨 신전(Abu Simbel Temple)과 연관이 있다. 아부심벨 신전은 이집트 파라오 중 가장 유명한 람세스 2세가 건축했다. 오랜 세월 모래에 파묻혀 있던 이 신전은 1813년 스위스의 동양학자 요한 루트비히 부르크하르트(Johann Ludwig Burckhardt, 1784~1817)에 의해 발견되었고, 1817년 이탈리아의 조반니 바티스타 벨초니(Giovanni Battista Belzoni, 1778~1823)에 의해 처음 조사되었다. 지금은 세계 어느 누구든지 사진을 보는 순간 바로 알 수 있는 바로 그 유적이다. 대중성으로는 피라미드 못지않을 듯.

그런데 이 유적에 문제가 발생한다. 1959년 이집트 정부는 아스완 댐을 만들어 나일강의 범람을 막고 동시에 댐을 이용한 수력 발전으로 전력을 공급하고자 하였다. 그런데 이 댐으로 인해 강 수위가 60m 높아져서 아부심벨 신전이 가라앉을 상황이 된 것이다. 이에 유네스코(UNESCO)에서 적극적으로 국제 사회에 도움을 요청하였고, 세계 50여 개국에서 3600만 달러의 자금이 모인다. 그리고 모아진 자금을 이용해 신전을 본래 위치보다 약 70m 높은 곳으로 이전하기로 했다. 계획대로 커다란 신전을 한 조각당 30톤으로 총 1036개로 나누어 5년에 걸쳐 조금씩 옮겼으니, 이로써 아부심벨 신전은 새로운 자리에서 다시금 그 위용을 선보인다. 바로 현재의 모습이 그 결과인 것이다.

이때 이집트 정부에서는 아부심벨 신전 이전에 큰 도움을 준 나라에게 선물을 준다고 약속했는데, 가장 많은 원조를 한 미국에는 아스완 댐으로 수몰될 예정이었던 작은 신전인 덴두르 신전을 기증하였다. 마찬가지로 스페인에는 데보드 신전(The Temple of Debod)을, 이탈리아에는 엘레시아 신전(Temple of Ellesyia)을, 독일에는 칼라브샤 신전의 관문(The Kalabsha Gate)을, 네덜란드에는 타파 신전(Temple of Taffeh)을 기증하였다. 이처럼 이집트는 어차피 강물 아래로 가라앉을 유적 중에서 작지만 나름 가치가 있는 신전을 주요 원조 국가에 기증한 것이니 결과적으로 서로서로 좋은 상황을 만든 것이 아닐까? 여하튼 메트로폴리탄박물관의 덴두르 신전은 이처럼 나름대로 제값을 주고 받아온 것이다. 그러니 덴두르 신전을 보면서 "약탈한다고 신전까지 그대로 뽑아 왔네"라고 말하면 안 되겠다.

비슷한 방법으로 이집트는 20세기 중반까지 자국이 세운 유물분배협정에 따라, 정식으로 발굴 허가가 이루어진 후 조사를 하여 만약 유물이 발견되면 이를 조사 측과 이집트 정부 측이 반씩 나누어 가지는 규정을 운영하고 있었다. 이는 이집트가 관광 사업을 부각시키기 위해 고대 유물이 필요한 반면 나라에 돈이 없어 유적지를 발굴하지 못하니 만들어진 규정이었다. 그 대신 조사 결과 아무것도 나오지 않으면 조사 측은 투자한 돈을 다 날리는 것이다. 이에 당시 유럽, 미국의 부자 중 이집트 유적지 발굴에 지원했다가 아무것도 발견이 안 되어 돈을 잃고 빈털터리가 된 사람도 꽤 많았다고 한다.

바로 이 시기에 미국은 여러 후원자들이 이집트 유적지 조사에 많은 돈을 지원하여 출토된 유물을 분배받아 박물관을 채운 것이다. 그리고 현재 주요 미술 경매에 등장하는 이집트 유물 역시 이집트의 유물분배협정에 따라 과거에 확보된 것들이 다양한 과정을 통해 소장가가 바뀌면서 최종적으로 경매까지 나오는 경우가 많다. 즉, 우리가 일반적으로 인식하는 것과 달리 서방의 여러 박물관들이 전시하고 있는 이집트 유적이 모두 약탈 유적은 아니다. 이 부분을 분명히 하고 넘어갈 필요가 있겠다.

아, 참. 그러고 보니 한국도 아부심벨 신전 이전 때 50만 달러를 원조했다. 한국 돈으로 환산하면 현재가로 약 30억 원 수준으로, 액수를 보아하니 당시만 해도 없는 살림에 나름대로 고민에 고민을 하다 원조한 금액으로 생각된다. 다만 이때 만약 한국에 돈이 많아서 미국처럼 원조를 많이 했다면 이집트 신전 하나를 받아올 수 있었을까? 딱 50만 달러의 10배만 더 냈더라면. 그리고 그 이집트 신전은 전시된 지역의 대단한 상징이 되었겠지? 관광객도 해마다 엄청날 테고. 역시나 꿈에서 상상만 해볼 일이겠군.

약탈 문화재 범위

　자, 앞서 보듯 안양에 이집트 박물관을 만들고자
하니 유물 확보 전에 하나의 고민을 해결해야겠다.
왜냐하면 한국 역시 과거 제국주의 일본의 지배하에
서 많은 유물을 강탈당했기에 대중들에게도 그 기억
이 여전히 남아 있기 때문이다. 그래서 선진국 중 유
물 소장 과정이 그나마 투명하고 잘 구성되어 있는
미국의 예를 가져와 보았다. 즉, 미국처럼만 이집트
유물을 수집, 전시한다면 당사국인 이집트도 이에
대해 달리 이야기할 것이 없을 것이다.

　그렇다면 국제법상 약탈 문화재의 범위는 어떻게
정해져 있을까? 19세기 제국주의 시대, 많은 나라들
이 강대국의 식민지가 되었고, 과거의 유적과 유물

의 중요성을 깨닫지 못하는 기간 동안 강대국의 조사단에 의해 반출된 유물들은 현재 영국, 프랑스, 독일 등 유럽의 박물관에서 쉽게 만날 수 있다. 그래서 지금도 영국, 프랑스, 독일 등에 보관되어 있는 유물을 반환해달라는 당사국의 소송 및 외교 분쟁이 많은 편이다. 그러나 받아낸다는 것은 결코 쉬운 일이 아닌 것도 분명한 현실이다.

이에 유네스코는 '전시(戰時) 문화재 보호에 관한 헤이그 협약'(1954)을 시작으로 약탈된 문화 유물에 대한 각성을 국제 사회에 촉구해왔다. 이후로도 '문화재의 불법 반출입 및 소유권 양도 금지와 그 예방 수단에 관한 협약'(1970), '전쟁이나 식민지로 인하여 빼앗긴 문화재의 원산지 반환 운동'(1979) 및 '도난 또는 불법 반출된 문화재 반환에 관한 유니드로(UNIDROIT) 협약'(1995) 등이 발효되었다. 그러나 강제력을 지닌 국제법은 아니어서 분명한 한계가 있다. 단지 이런 협약이 이루어졌으니 앞으로 양심껏 행동해달라는 것이다.

이에 현실적으로는 '문화재의 불법 반출입 및 소유권 양도 금지와 그 예방 수단에 관한 협약'에 따라 1970년 이전에 벌어진 사건은 묻지 않고 그 이후 불법 이동된 유물은 적극 대처하는 것으로 국제 사회에서 무언의 약속처럼 지켜지고 있다. 결국 1970년 이전에 박물관이나 개인 소장이 된 유물에 대해서는 크게 따지지 않게 된 것이다. 정확히는 유출 국가가 따져도 큰 반응이 없다는 것이 맞겠다.

다만 해가 지날수록 과거 식민지였거나 약소국이 었던 나라들의 문화재 환수에 대한 노력은 높아지고 있는 상황이다. 이에 중국, 이탈리아, 그리스, 터키 등의 국가에서는 다양한 외교적 방법을 통해 제국주의 시대 유출된 유물을 되찾아 오고 있으며, 이런 방식이 통용되지 않으면 아예 돈으로 구입하여 환수하고 있다. 한국도 마찬가지로 유네스코 협약과 별도로 '한미 문화재 환수 협력 양해 각서'(2014)를 미국 정부와 맺었으며, 한국 전쟁 당시 미군 등에 의해 불법 반출된 문화재가 많이 있는 미국에서는 미국 국내법에 따라 형사 몰수하고 환수할 수 있다는 사실을 확인했다고 한다. 여기서 그치지 않고 일본, 미국 등지에서 과거 유출된 한국 유물을 아예 제값을 주고 구입하여 가져오기도 한다.

이런 환경이 되었기에 세계적으로 유명한 박물관에서도 새로운 유물 구입에 조심 또 조심하고 있다. 갈수록 해당 유물의 출처와 소장가를 면밀히 확인하고 구입하는 분위기가 만들어진 것이다. 만약 문제가 발생하면 앞서 보듯 메트로폴리탄박물관이 400만 달러에 구입한 유물을 원소장처인 이집트에 반환하면서 50억 원 정도의 큰돈을 허공에 날린 것이 다름 아닌 나의 일이 될 수도 있으니까. 물론 소더비, 크리스티 같은 주요 경매에서도 출품 유물에 대한 조사를 이전보다 더 꼼꼼히 하고 있다. 소장처가 뚜렷하지 않으면 유명 경매사에서 처음부터 잘 받아주지 않는 것도 바로 이 때문.

자~ 이처럼 이집트 유물은 충분히 미술 경매나 시장 매입을 통해 정당한 방식의 구입이 가능하다. 다만 그 과정이 투명하고 국제 협약에 위반된 물건이 아니라면 말이지. 이에 단순히 이집트 유물을 구입, 전시하는 것만으로 윤리적 걱정까지 할 필요는 없을 것 같다.

6
전시에 필요한
이집트 유물 규모

투탕카멘

다음 차례로 이집트 유물을 어느 정도 갖추어야 박물관을 구성할 수 있을까 알아봐야겠다. 우선 대표적인 이집트 박물관을 살펴보자면 다음과 같다. 이집트 기자의 그랜드이집트박물관(Grand Egyptian Museum), 영국 런던의 대영박물관, 프랑스 파리의 루브르박물관, 독일 베를린의 신 박물관(Neues Museum), 이탈리아 토리노의 이집트박물관(Museo Egizio), 네덜란드 레이던의 국립고고학박물관(Rijksmuseum van Oudheden), 미국 뉴욕의 메트로폴리탄박물관, 미국 보스턴의 보스턴미술관 등등.

그러나 언급된 곳들처럼 세계에서 손꼽히는 이집트 박물관을 만드는 것은 안양 능력으로 거의 불가

투탕카멘 황금 마스크.

능하다. 이 박물관들은 돈이 아무리 많아도 구할 수 없는 유물을 갖추고 있으니 말이다. 예를 들어 2021년 개관한 그랜드이집트박물관은 고대 이집트의 상징인 투탕카멘 유물을 전시하고 있다. 본래 카이로에 있는 이집트 국립박물관에 소장되어 있던 것을 새로 만든 더 근사한 박물관으로 옮긴 것이다.

투탕카멘의 황금 마스크. 세계사에 큰 관심이 없는 사람도 그 이미지가 뚜렷이 떠오를 정도로 유명하다. 1922년 11월 발견되어 고고학 발굴 중 최고봉으로 꼽히는 투탕카멘 무덤은 그 자체만으로도 고대 이집트의 화려함을 대변한다. 투탕카멘(Tutankhamun, 재위 기원전 1361~기원전 1352)은 소년 왕으로 죽어 역사적 의미는 미미하지만, 수많은 왕의 무덤이 도굴될 때에도 살아남아 결국 유물 상당수를 보전하였기에 불멸의 이름이 되었다. 다만 발굴 때 조사를 해보니 투탕카멘의 무덤도 최소한 두 차례 정도 도굴 피해를 당해 금붙이 같은 보물 중 60%가 사라진 것으로 파악되었다고 한다. 하지만 새로 봉인을 하고 문을 닫은 뒤로는 더 이상 불청객이 들지 않았기에 파라오의 황금 마스크 및 미라 관(棺)을 포함한 중요 보물들은 현대까지 남아 있게 된다.

이 위대한 발견을 한 영국인 하워드 카터(Howard Carter, 1874~1939)는 당시 이집트에서 활동하는 발굴자 중 베테랑으로 손꼽히는 인물이었다. 그리고 그를 지원한 후원자는 조지 에드워드 스탠호프 몰리뉴 허버트(George Edward Stanhope Molyneux Herbert, 1866~1923)라는 긴 이름을 가진 영국인으로, 카나번(Carnarvon) 백작 5세라 하여 일반적으로 카나번 경이라 불리고 있었다. 귀족 자제답게 다양한 도전적인 일을 경험해보는 등 남다른 인생을 즐겼다고 한다. 또한 엄청난 부자인지라 돈에 있어서는 남부러울 것 없는 인생을 살고 있었으나, 1902년 독일에서 교통사고를 당한 후 습기가 많은 영국을 떠나 따뜻한 이집트로 요양을 오면서 점차 이집트 발굴 문화에 관심을 가진다. 그러다 역사에 남을 만한 발굴의 야망을 지닌 하워드 카터를 만난 그는 1917년부터 본격적으로 발굴을 후원한다.

그러나 20만 톤의 흙을 파내고 총동원된 인부만 1500명일 정도로 큰돈을 들인 채 6년간 조사가 이어지자 부자인 카나번 경도 파산 위기에 처하고 말았다. 정확히는 '발굴 조사에 들인 비용' + '외환 거래 투자'가 실패하여 나온 결과였다. 그럼에도 카나번 경은 투탕카멘 발굴에 대한 정보 독점권을 주는 조건으로 런던의 《타임스》로부터 자금을 끌어와 마지막 도전을 후원했다. 대단한 끈기의 인물이다.

하지만 막상 투탕카멘 무덤이 발견되자 이집트

당국에서는 "이것은 유일무이한 유적이요 유물이다"라는 조건을 내세우며 유물 분배 협정을 적용하지 않으려 했다. 즉, 발굴 조사를 하여 유물이 나올 경우 조사 측과 이집트 정부 측이 유물을 반씩 나누어 가지는 협정을 이번 경우에는 예외로 적용하지 않겠다는 의미다. 이렇듯 지금까지 이어오던 원칙을 깬 인물은 고대유물부의 책임자였던 피에르 라코(Pierre Lacau, 1873~1963)로, 프랑스 출신인 그는 발굴자 하워드 카터와 사이가 무척 좋지 않았으며 투탕카멘 발굴 중 견제도 강하게 하여 마찰이 종종 일어나기도 했다. 결과적으로 피에르 라코의 주장대로 투탕카멘 무덤에서 나온 모든 유물은 그대로 이집트 국립박물관 소장이 된다. 만일 유물 분배 협정대로였다면 우리는 투탕카멘 절반의 보물은 대영박물관에서 보았을지도. 이집트 입장에서 볼 때 피에르 라코는 영웅 중 영웅이었던 것이다.

다만 후원자 카나번 경은 발굴 성공 소식을 듣고 이집트에 와서 발굴 과정에 함께 참여하다가, 1923년 4월 숙소에서 모기에 물린 곳에 합병증이 생겨 갑자기 죽는 바람에 투탕카멘 황금 마스크가 발견되는 것까지는 보지 못하였으니. 음. 발굴자 하워드 카터 역시 계속된 발굴 조사 끝에 1925년 투탕카멘 황금 마스크까지 확인하면서 고고학계에 큰 이름을 남겼으나, 이후 더 이상 발굴자로서의 활동은 하지 않게 된다. 성공 후 엄청난 견제와 스트레스로 힘들었다고 하는군. 어쨌든 이렇게 영국인 고고학자와 후원자는 투탕카멘 발굴 조사에 삶의 모든 에너지를 쏟고 그 결과를 오롯이 이집트에 넘겨준 뒤 퇴장한다. 이집트 입장에서는 다행한 일이었지만 발굴의 두 주역은 역사에 이름을 남기긴 했어도 개인의 삶에는 허망함만 남긴 것이다.

그런데 이집트에는 투탕카멘 황금 마스크 외에도 파라오의 황금 마스크가 2개 더 있다. 이 역시 투탕카멘처럼 거의 완벽한 형태의 무덤에서 발굴되어 나온 것으로, 이번에는 프랑스 고고학자인 피에르 몽테(Pierre Montet, 1885~1966)의 고고학적 쾌거였다. 1939~1940년 발굴 조사 동안 발견된 프수센네스 1세(Psusennes I, 재위 기원전 1047~기원전 1001)와 아메네모페(Amenemope, 재위 기원전 993~기원전 984)가 그 주인공이다. 특히 투탕카멘과 달리 도굴이 전혀 되지 않은 무덤인지라 더 의미가 있었다. 역시나 유물은 이집트가 소장하고 있다. 다만 이들의 황금 마스크는 투탕카멘의 마스크보다는 못하지만 나름 뛰어난 작품이라 해외 이집트 전시에 종종 빌려주기도 한다. 덕분에 나 역시 일본에서 개최한 이집트 전시에서 두 파라오 중 하나의 황금 마스크를 본 적이 있다.

뭐. 이야기하다보니 좀 길어졌는데, 투탕카멘 황금 마스크와 같은 둘도 없는 작품을 소장하는 것은 교과서에 나올 만한 대표적 인상파 작품을 수집하는 것 이상으로 거의 불가능한 일이다. 아예 돈으로 살 수가 없으니까. 한편 여러 이름난 이집트 박물관들은 투탕카멘 정도는 아니어도 다들 상당히 유명한 작품을 소장하고 있는 박물관이라 하겠다. 또한 유물 보유량에서도 넘기 힘든 벽이니, 소개한 박물관의 소장품 숫자는 다음과 같다.

이집트 기자의 그랜드이집트박물관 = 10만 점
영국 런던의 대영박물관 = 10만 점
프랑스 파리의 루브르박물관 = 7만 7000점
독일 베를린의 신 박물관 = 8만 점
이탈리아 토리노의 이집트박물관 = 3만 2500점
네덜란드 레이던의 국립고고학박물관 = 9000점
미국 뉴욕의 메트로폴리탄박물관 = 2만 6000점
미국 보스턴의 보스턴미술관 = 4만 5000점

결국 현실적인 수량과 보유할 수 있는 작품군을 추려서 아시아 최고 수준을 갖출 수 있을지를 알아봐야겠다.

방문했던 이집트 전시

지금부터 시작하여 유럽이나 미국 수준으로 소장품을 수집하는 것은 쉽지 않겠고. 그렇다면 이집트 유물을 어느 정도 소장해야 별도 전시 공간을 꾸밀 수 있을지 궁금해진다. 한국을 포함해서 유럽, 미국, 일본 등을 보면 보통 300평 정도의 전시장에서 규모 있는 특별 기획전이 펼쳐지는데, 이 정도 공간을 밀도 있게 채우는 것이 은근 난이도가 높다. 즉, 처음부터 욕심내지 말고 대략 이 정도 규모만 잘 만들어도 어느 정도 명성은 얻을 수 있다는 의미다. 이때 인상파 전시라면 원화 60~80점 정도가 필요하지만. 과연 이집트는?

그럼 지금부터 내가 방문했던 이집트 전시를 바

탕으로 대략 필요한 유물의 숫자를 계산해볼까? 홍미가 있다보니 이집트 전시를 무척 많이 봤는데, 이 중 도록을 구입하지 않은 전시는 패스하겠다. 개인적으로 전시를 본 후 만족감, 즉 포만감이 높을 때 도록을 사는 경향이 있어서.

1. 이집트 문명전 파라오와 미라

2009년 국립중앙박물관에서 '한국박물관 100주년 기념 기획 특별전'으로 개최했다. 이집트 유물은 오스트리아의 빈미술사박물관(Wien Museum of Art History)에서 빌려왔으며, 151건 230점의 유물이 한국을 방문했다.

전시된 것 중 〈호루스와 호렘헤브〉라 하여 18왕조 마지막 파라오 호렘헤브와 이집트의 신인 호루스가 함께 앉아 있는 높이 152cm의 상은 빈미술사박물관에서도 꽤나 손꼽히는 소장품이라서, 그만큼 한국을 위해 신경을 써준 느낌이 들어 감동받았다. 그 외 미라와 미라 관(棺), 파라오 석상, 이집트 신 조각, 상형 문자가 적힌 파피루스, 장신구, 다양한 그림과 상형 문자가 조각된 석비 등등 꽤나 알찬 전시로 기억된다.

2. Ancient Egyptian Queens and Goddesses

2014년 일본 도쿄도미술관에서 '메트로폴리탄박물관 고대 이집트전 여왕과 여신'이라는 특별전으로 개최했다. 뉴욕의 메트로폴리탄박물관에서 유물을 빌려와 전시했는데, 여왕을 주인공을 삼아서 그런지 여성과 관련된 이집트 조각이 무척 많았다.

197점의 유물이 일본을 방문했으며, 이집트를 대표하는 여성 파라오 하트셉수트(Hatshepsut, 재위 기원전 1473~기원전 1458)를 전시 주인공으로 삼았다. 그래서 하트셉수트 조각이나 그와 관련한 인물 및 이집트 여신의 조각이 많이 전시되었으며, 전시에 여성을 특히 강조해서 그런지 여자들이 착용했던 화려한 장신구도 무척 많았다. 금이나 화려한 보석이 들어간? 전반적인 작품군의 질에서는 한국 이집트 전시의 2배 수준이었다. 그만큼 한국에 온 것보다 더 좋은 유물이 일본을 방문했다는 의미.

3. Cleopatra and The Queens of Egypt

2015년 일본 도쿄국립박물관에서 개최했다. 2014년에 개최된 도쿄도미술관의 이집트 여왕 전시가 성공해서 그런지 2015년에도 클레오파트라를 주인공으로 삼은 이집트 전시가 있었다. 다만 실제 클레오 파트라 내용은 전시 후반부 일부만 있다. 나머지는 전반적인 이집트 파라오 왕가의 삶(여성을 중심으로)을 이야기하는 전시였다. 전시 유물 숫자는 181점. 그래도 보기 드문 로마 시대 이집트 이야기가 많아서 좋았다.

이 전시는 특이하게도 도쿄국립박물관에서 직접 기획하여 여러 이집트 유물을 세계에 있는 여러 박물관으로부터 각기 빌려와서 꾸몄다. 즉, 이집트 전시를 아예 일본에서 기획하여 하나 만든 것이다. 그래서 전시 유물을 보면 소장처가 영국, 프랑스, 독일, 오스트리아, 스위스, 러시아, 네덜란드, 벨기에, 바티칸, 이탈리아 등 세계 각국으로 되어 있다. 이 전시를 통해 도쿄국립박물관이 세계 각국의 박물관과 얼마나 교류 시스템이 잘 구비되어 있으며 또한 이집트 역사와 유물 위치를 잘 파악하고 있는지 알 수 있었다.

4. 이집트 보물전: 이집트 미라 한국에 오다

2016년 국립중앙박물관에서 특별전으로 개최했다. 뉴욕의 브루클린박물관에서 229점의 유물을 빌려와 선보였다. 그중 꽤나 아름다운 이집트 미라 관

파라오 페피 1세의 무릎을 꿇은 상(좌). 어머니 안크네스메리레의 무릎에 앉은 파라오 페피 2세 상(우). A급 파라오 조각상이 이처럼 많았음에도 한국에는 거의 빌려주지 않은 브루클린박물관. 오죽하면 한국에서 브루클린 이집트 전시를 할 때 해당 뮤지엄의 진짜 수준이 궁금하여 방문해볼 정도였다.

(棺)이 방문했는데, 미라 관의 주인은 '가우트세세누' 라는 여성이라 한다. 미라 관에 그려진 그림의 화려한 색채와 사후 세계를 표현한 것이 꽤나 매력적이라 역시나 이 이집트 관을 전시 주인공으로 삼았다. 그리고 이집트 사후 세계와 철학을 전시 주제로

했다.

다만 이 외에는 출품된 유물 수준이 그다지 높지 않았다. 조금 실망할 정도. 오죽하면 파라오 관련한 조각은 거의 보이지 않을 정도였다. 일반적으로 같은 이집트 조각이라도 파라오가 나오면 당연히 가격이 더 비싸다. 완성도도 높고. 물론 해당 파라오가 대중에게도 유명한 인물이면 더 비싸지는 건 당연지사. 그런데 그런 유물이 없는 전시라니, 빈약했다. 내가 오죽 출품 유물의 질에 실망하여 마음에 두었으면, 브루클린박물관 소장 "이집트 보물전"이 열리고 있을 때 비행기를 타고 뉴욕으로 가서 브루클린박물관의 이집트 전시실을 직접 보았을 정도다.

역시나 '가우트세셰누' 미라 관을 제외하고 브루클린박물관의 A급 유물은 한국을 거의 방문하지 않았더라. 이 박물관 전시실에 있는 수많은 파라오 관련한 조각을 보며 조금 배신감도 느꼈다. 한국에 전시된 브루클린박물관 소장품을 크리스티, 소더비 미술 경매 결과를 바탕으로 환산해보면 전시 당시 가격으로 200억 원이 채 안 될 것이다. 이 정도면 한국에서 구입하여 전시해도 가능하지 않을까? 이처럼 브루클린박물관 소장 "이집트 보물전"은 한국의 이집트 전시실에 대해 내가 고민하게 된 계기라 하겠다. 우리도 이 정도는 충분히 할 수 있다는 생각이 들어서 말이지. 다만 국내에서는 워낙 드문 이집트 전시라 그런지 흥행에서는 꽤나 성공했다.

5. 황금의 파라오와 대피라미드 전

2015~2017년 약 2년간 일본 7군데 이상의 도시를 돌며 개최되었다. 이집트의 카이로 국립박물관에서 103점의 유물을 빌려와 전시했다. 전시된 유물 숫자는 얼마 되지 않으나 고대 이집트 3대 황금 마스크 중 하나인 아메네모페(Amenemope)의 마스크를 비롯해 이집트가 소장하고 있는 명품 중의 명품까지 가득한 전시였다.

이 중 일반 전시에서는 보기 힘든 파라오 조각상이 등장했는데, 파라오 카프레(Khafre, 재위 기간은 이견이 있지만 대략 기원전 2558~기원전 2532)의 조각상이 그것이다. 카프레는 쿠푸 왕의 후계자이자 이집트 기자의 두 번째로 큰 제2피라미드를 건설한 인물이며 스핑크스 얼굴의 주인으로도 잘 알려져 있다. 마치 살아 있는 듯 위엄 있는 얼굴을 한 이 조각상은 검은 돌 118cm 크기로 보는 순간 감탄이 절로 나온다. 물론 호루스 신이 왕의 목 뒤에 보호하듯 있는 168cm의 가장 유명한 카프레 조각상은 아니지만 그래도 어디인가?

파라오 카프레 조각상. 사진은 카이로 국립박물관을 대표하는 카프레 조
각상이며, 일본에는 이보다 조금 작은 크기의 조각상이 왔다. 일본에서
이 조각상을 볼 수 있다니 개인적으로 놀라운 사건이었다. 우리 기준으
로 이해하기 쉽게 설명한다면 삼국 시대 최고의 보물인 국보 반가사유상
을 빌려온 느낌.

이 외에도 설명하기 힘든 명품으로 가득했던 이 전시. 당연히 이름난 세계적 박물관의 이집트 전시 실에서도 쉽게 보기 힘든 유물들이었다. 나는 이 전 시를 보기 위해 일부러 일본 도야마(富山)까지 갔다. 나고야에서 버스를 타고 2시간가량 가서 도착한 작 은 해안가 도시 도야마에서 이렇게 어마어마한 이집 트 전시가 개최되고 있었다. 실제 이 전시는 도쿄 같 은 큰 도시 외에도 일본 구석구석의 전시장을 순회 했다. 이에 역사와 문화를 좋아하는 사람이면 해당 지역의 중점 도시에 가서 쉽게 이집트에서 방문한 최정상급 유물을 볼 수 있게 된 것이다. '이것이 일 본이 지닌 문화 저력인가?' 하는 생각까지 들었다.

　하지만 이렇게 이집트에서 보물들을 빌려와 2년 간 전 국토를 돌며 작은 도시에서까지 이집트 유물 을 볼 수 있었던 것은 일본과 이집트의 남다른 관계 때문이었다. 다름 아닌 이집트가 새롭게 만든 이집 트 대박물관(Grand Egyptian Museum)을 건축하는 데 들어가는 비용 중 840억 엔, 우리 돈으로 9000억 원을 30년 상환을 약속으로 1.5%라는 저금리에 일본 정부가 빌려주었기 때문이다. 솔직히 이집트 경제 상황을 볼 때 막상 30년 뒤 상환할 수 있을지도 의문 이지만. 못 갚으면 그때는 다시 한 번 연장이 이루어 지겠지. 여하튼 상황이 이러하니 이집트에서는 국보

일본의 작은 도시 도야마저 이집트 전시와 연관하여 레스토랑에서는 특별 음식이 준비되어 있었다. 191쪽 사진은 주문한 음식을 기다리며 찍은 티켓이다. ⓒ황윤

급 유물을 과감히 빌려준 것이고, 일본에서는 전국 순회 전시를 할 수 있었던 것이다.

이처럼 국내외 특별전을 쭉 살펴보니 관객을 만족시키는 이집트 전시가 되려면 유물이 최소 200~300점은 필요함을 알 수 있다. 물론 최고의 질이라면 100점 내외도 가능하지만, 최고 수준의 명품 중 명품만 모아야 가능한 이야기이다. 역시나 화려한 황금 조각이거나 덩치가 크고 주목할 만한 대형 조각품이 많이 동원되어야겠지.

어찌 되었건 일반적으로 볼 때 300평 공간에 이집트 유물이 250~300점이라 계산하면 넓은 공간을 어느 정도 꽉 채운 느낌이 날 것이다. 여기에 굿즈를 파

는 뮤지엄 숍 및 강연장 등 교육 시설을 포함하면 전체 면적은 약 500평이 되겠군. 시작이 이 정도는 되어야 전국에서 관객들도 모을 수 있겠지. 그리고 A급 유물을 얼마나 더 구해서 전시하느냐에 따라 주변 아시아 국가 관람객의 방문까지 만들 수 있겠다.

일본의 이집트 전시관

자. 기억나는지 모르겠지만 이번 책의 처음 시작이 어떤 한 분야에서 최소한 아시아 최고 박물관 또는 미술관이었다. 그 정도는 되어야 단순히 안양만의 만족이 아니라 국내 여러 곳에서도 관람객이 오고 더 나아가 세계 관람객까지 모을 수 있기 때문이다. 그런데 한국에서 아시아 최고를 만들려면 반드시 넘어야 할 산이 있으니 역시나 일본이다. 과연 일본에는 이집트 전시관이 있을까? 있다면 어느 정도 수준이지? 일본에는 이집트 전시관이 있을까에 대한 답은 '있다'. 각각의 수준은 하나씩 소개하며 언급하겠다.

우선 일본을 대표하는 박물관인 도쿄국립박물관

도쿄국립박물관 부속 동양관 내 이집트 전시실. 딱 구색만 갖추어놓았다. 그럼에도 국립박물관에 이집트 전시실이 있다는 사실이 중요하다. ⓒ황윤

내 부속 건물 동양관(東洋館)에 가면 만날 수 있는 데, 동양관은 말 그대로 일본이 그동안 수집한 아시아 유물이 전시된 장소이다. 한국, 중국, 베트남, 캄보디아, 인도, 파키스탄, 아프가니스탄, 이란, 이라크 그리고 마지막으로 아프리카 국가임에도 이집트까지 포함하여 이들 국가의 유물이 전시되고 있다.

다만 이집트 전시실은 그리 큰 규모는 아니다. 30~40평 규모에 전시된 유물 숫자는 정확히 기억나

지 않지만 대충 정리해보자. 미라 관(棺)은 하나로 다만 장례 과정에서 겉의 색이 검게 바랜 것, 이집트 신이자 사자 머리로 유명한 세크메트(Sakhmet) 조각 상 커다란 것 2점, 상형 문자와 그림이 새겨진 벽화 1 점, 사후 세계로 죽은 사람이 떠날 때 타는 배와 뱃사 공 목제 조각 1점, 죽은 이를 위한 주문인 '사자의 서'가 기록된 파피루스 몇 점, 따오기 상 1점, 시종으 로서 주인을 보살피라고 무덤에 함께 넣은 샤브티 (Shabti) 조각 여러 점, 부(富)를 상징하는 곡식 창고 조각 1점, 그리고 이집트 토기와 보석 등 작은 작품 여러 점.

이 정도이다. 딱 이집트 구색만 갖추어놓았다. 그럼에도 불구하고 같은 층에 메소포타미아, 인도 유물과 함께 있기에 한 층 전체적으로는 볼거리가 부족하지 않다. 하지만 이집트 전시실 자체는 빈약한 수준임이 틀림없어 보인다.

두 번째는 도쿄의 고대오리엔트박물관. 이집트와 메소포타미아 문명을 보여주는 곳인데, 사실 상설관은 복제품이 주를 이루고 그나마 볼거리인 진품은 얼마 없다. 즉, 굳이 방문해서 볼 만한 이유는 못 느낄 수준이다. 외국에서 유물을 빌려와 꾸미는 특별 전을 보러 가도 질과 규모에서 만족도가 그리 높지는 않다. 아무래도 학생을 위한 교육용으로 운영하는 분위기. 그러니 경쟁 상대로는 아예 패스.

세 번째는 도쿄의 마쓰오카미술관(松岡美術館)으로, 도쿄의 한적한 부자 동네에 위치한 박물관임에도 꽤나 소장 유물이 좋은 곳이다. 1975년 개관을 했고 2000년에 설립자의 개인 저택 부지에 건설한 현재의 박물관으로 옮겨 새로 개관했다. 특히 박물관을 만든 이의 이력이 재미있다. 마쓰오카 세이지(松岡淸次郞, 1894~1989)라는 부동산 사업을 하던 인물이었는데, 젊은 시절에도 미술품에 관심은 있었으나 본격적으로 수집을 한 것은 남보다 늦은 나이라 할 수 있는 78세부터였다. 이때부터 90살로 죽을 때까지 열정적으로 미술 수집을 했다고 한다.

이 미술관 1층에 있는 오리엔트 전시실에 헬레니즘 조각 몇 개와 함께 이집트 유물이 전시되어 있다. 사자 머리를 한 세크메트 조각상의 깨지고 남은 머리와 어깨까지의 일부 부분, '에네헤이'라는 이름의 여인 조각상, 그리고 깔끔한 형태의 이집트 관(棺) 하나. 다만 미라는 관을 구할 때부터 사라졌는지 없다. 딱 이거다. 도쿄국립박물관보다 훨씬 내용이 없는데, 나름대로 색이 잘 남은 이집트 미라 관 하나와 에네헤이 여인 조각상이 있어서 명성을 유지하고 있다.

사실 이곳은 이집트보다 인도 문명의 간다라 불

상으로 유명하다. 아주 대단한 수준의 간다라 불상을 잔뜩 소장 중. 그 외 중국 불상 조각 몇 점, 그리스로마 조각 몇 점, 모네를 포함하여 인상파 그림 몇 점, 그리고 중국, 한국, 베트남 등의 수준급 도자기를 소장하고 있다. 수집가가 전체적인 큰 그림을 그리고 수집했다기보다는 당시 일본 부자들 사이에서 유행하던 수집품에 하나씩 다 손을 댄 느낌이 강하다. 결국 나름대로 볼 것은 많은데 전체적으로 통일성 없이 번잡하며, 이집트 부분은 크게 높은 수준이 아님을 알 수 있다.

네 번째는 아하. 기억해보니, 도쿄 이데미쓰미술관(出光美術館)이 있다. 이곳에서 2013년에 "中近東文化センター―改修記念 オリエントの美術"이라는 제목으로 특별 전시가 있었다. 한국어로 "중동문화센터 새 단장 기념 오리엔탈 미술"이라는 전시였는데, 웬걸 이집트 유물이 상당수 포함된 전시였다. 이집트 미라 관을 포함하여 청동으로 만든 이집트 신 조각상 작은 것, 사후 세계로 죽은 사람이 떠날 때 타는 배와 뱃사공 목제 조각, 장신구 등등 익숙한 유물들이었는데, 숫자는 그리 많지 않았다.

이 미술관 자체가 도자기를 전문으로 하는 곳인지라, 중동 지역 도자기 관련한 유물을 수집하는 김에 이집트 유물도 일부 모아서 선보인 듯했다. 즉, 이집트 자체가 메인은 아니라는 의미. 질과 양에서도 크게 눈에 띄는 것은 없었다. 게다가 상설 전시로는 보여주지 않으니 이집트 유물을 보고 싶다고 방문했다가는 낭패다. 그러나 미술관 자체의 수준은 매우 높으니 방문 자체는 추천한다. 사실 이곳은 수준 높은 도자기 컬렉션을 보러 가는 곳이다.

마지막으로 오카야마오리엔트미술관(岡山市立オリエント美術館)과 앞서 인상파 미술 설명 때 소개한 오카야마현 구라시키에 있는 오하라미술관이 있다. 이곳에도 이집트 유물이 있기는 한데, 주목할 만한 대표작까지는 보이지 않고, 이런 유물도 소장하고 있다는 정도다.

이렇듯 일본 이곳저곳에 이집트 유물이 있기는 하지만, 그럼에도 이집트 전시실이 수준급으로 존재하는 곳은 없는 것 같다. 내가 다녀본 결과에 따르면 말이지. 아, 맞다. 맞다. 제일 중요한 곳을 소개하지 않았구나. 미호미술관(Miho Museum)이 있다. 여기에 일본 최고의 이집트 전시실이 있었구나.

미호미술관

1997년 개관한 미호미술관은 일본 교토에서 가까운 시가현에 위치하고 있다. 전철역에서 버스를 타고 남동쪽으로 50분 정도 가면 도착하는데, 그 과정 자체가 꽤나 흥미롭다. 버스 창을 통해 일본 최대 호수인 비와호(琵琶湖)를 보고 난 뒤엔 시골 정취도 느낄 수 있으며, 마지막으로 한적한 산으로 올라갈 때는 등산하는 느낌도 난다. 가을에 오면 붉게 물든 단풍 때문에 풍경이 더 좋다. 이렇게 기분 좋은 여행이 아주 조금 지겨워질 때쯤이면 미술관에 도착한다. 산 위에 세운 미술관이다.

중국 시인 도연명의 〈도화원기〉에 나오는 무릉도원을 모티브로 만들어진 이곳은 건축가 I. M. 페이(I.

M. Pei, 1917~2019)가 설계한 것으로 유명하다. 중국계 미국인이자 전설적인 건축가인 그는 파리 루브르 박물관의 유리 피라미드를 설계한 인물로 특히 잘 알려져 있다. 그는 미술관 건립자가 연락하자 일본으로 가서 직접 장소를 확인한 후, 건축물 80%를 땅속으로 매립하여 자연과 일치하는 공간으로 디자인하기로 한다. 그리고 관람객이 미술관으로 들어오는 동안 신비한 체험을 하도록 했는데.

버스에서 내려 티켓을 구입하는 장소와 미술관 사이에 있는 산등성이에 터널을 뚫고 다리를 연결하여, 관람객들이 무조건 터널을 통해서만 미술관에 도착하도록 만든 것이다. 바로 이것이 장관이다. 왼편으로 휘어 출구가 보이지 않게 설계된 터널로 들어가서 조금 걷다보면 저 멀리 미술관 입구가 서서히 보인다. 마치 꿈속에서 만난 듯 묘한 분위기를 연출하는데, 이에 걸음을 재촉하다보면 미술관이 점차 가까워지면서 기분 좋은 흥분을 느끼게 한다. 이런 공감각적 배치는 설계자가 치밀하게 구성한 스토리텔링인 것이다. 도연명이 무릉도원을 꿈꾸듯 터널을 통해 현실 세계와 이상적 공간을 나누어 배치하여 미술관을 무릉도원으로 꾸몄다. 현실 세계에서 무릉도원까지 연결해주는 터널, 《이상한 나라의 앨리스》 느낌도 든다.

미호미술관으로 가는 터널에서 바라본 미술관 전경. ©황윤

그리고 도착한 미술관. 아, 아니 무릉도원도 우리
가 상상한 것 이상의 모습을 보여준다. 건물 자체의
미감도 대단한 수순이나 이집트, 그리스, 로마, 중국,
중동, 인도 등 거대 문명 발생지의 유물이 상설 전시
로 꾸며져 있으며 작품 하나하나가 명품 중 명품이
다. 숫자보다 질로 승부하는 듯 꾸며진 전시품은 '바
로 이 자리를 위해 저 먼 곳에서 수천 년 전에 조각이
만들어졌나?' 하는 착각까지 들게 만든다. I. M. 페
이는 주인공이 될 작품의 경우 바로 그 작품을 위한

독특한 건물 디자인이 자연과 함께 어울리며 완벽한 무릉도원을 연출하고 있다. 다만 내부 사진은 촬영 금지다. 일본은 국립박물관과 국립미술관을 제외하면 대부분 내부 촬영 금지를 이어가고 있다. 예전에는 작품을 무척 아끼니까 그런가보다 했지만 요즘 들어서는 약간 구식으로 느껴진다. ©황윤

건축 디자인을 통해 건축물과 전시품이 함께 어울리도록 만들었다. 천재 건축가와 명품 유물이 만나 놀라운 공간의 힘을 구축한 것이다. 이렇듯 불과 3000점의 소장품만으로도 나름 작은 루브르라 생각될 만한 이미지를 구축하고 있다.

특별전도 주로 고대 미술품 관련한 다양한 전시를 기획해 선보이고 있다. 전 세계 유명 박물관에서 빌려와 개최한 전시도 있고 말이지. 이곳을 여러 번

방문했지만, 전시를 하도 많이 보다보니 눈이 높아져서 까탈스러운 나도 특별전에 실망한 적이 단 한 번도 없을 정도다. 그리고 유물 전시를 충분히 보다보면 배가 고파지는데, 이곳 레스토랑 음식이 꽤 맛이 좋다. 맛이 독특하여 직원에게 물어보니 방부제나 인공 색소 따위를 넣지 않은 자연식이라 하며, 가격은 조금 비싸나 맛과 질 모두 보장한다. 아~! 그리고. 유명세가 갈수록 커져서 주말에는 정말 사람이 많으니 평일 여행을 추천한다. 잘못하면 미술관이 번잡한 것은 그렇다 치더라도 버스로 오고 가는 50 + 50분, 즉 100분의 시간 동안 서서 갈 수도 있다. 특히 중국인 관광객 숫자가 대단히 많다. 오죽하면 레스토랑이 주말에는 열자마저 매진될 정도다.

이 미술관은 이처럼 완벽한 하나의 공간을 창조한 형태이다. 다만 이제부터는 목표한 이집트를 주목하여 보자. 전시된 이집트 유물의 숫자는 많지 않지만 질이 높다. 특히 은으로 만들어진 호루스 신 조각상은 41cm의 크기로 앉아 있는 모습인데, 머리 부분은 금과 푸른색으로 장식되어 있으며 몸은 은이다. 기원전 1295~기원전 1213년경 작품이라는데, 이런 형태는 타 이집트 박물관에서도 본 적이 없다. 물론 내가 본 것이 한정적이라 그럴 수도 있겠지만. 그래서인지 나름 이 미술관에서도 대단한 자랑거리로 홍보하고 있다.

이 외로도 람세스 2세 벽화 조각, 파라오의 머리 조각, 왕비의 벽화 조각, 나무로 한 인물의 생전 모습 그대로를 표현한 152cm의 카(Ka) 상(참고로 Ka는 이름이 아니라 이집트에서 죽은 이의 형상을 띤 조각상을 의미한다), 역시나 나무로 한 인물의 생전 모습 그대로를 표현한 34cm의 카(Ka) 상, 이집트 신 모양을 한 수준 높은 조각들, 유리와 보석 같은 작지만 세밀하게 만들어진 볼거리 등 A급 유물이 있다.

이처럼 이곳은 가능한 한 A급 유물만 모아 전시하고 있으며, 이것만으로도 이집트의 매력을 느낄 수 있게 해놓았다. 아마 타 박물관처럼 작고 가격이 저렴한 유물을 A급 유물 사이사이에 배치하면 더 꽉 찬 분위기를 연출할 수도 있을 텐데, 일부러 안 한다고 봐야겠지. 이처럼 이집트 분야에서는 이곳이 일본 최고라 할 수 있겠다.

다만 이곳 유물만으로는 작품의 미감에 감탄을 할 수는 있어도 이집트 전반적인 세계관과 역사를 이해하기는 솔직히 어렵다. 단지 이집트 역시 주요 고대 문명 전시의 일부로 존재하고 있으며, 전시 중인 다른 문명들도 이집트와 마찬가지로 해당 문명의 세계관과 역사를 설명하기보다는 유물 그 자체를 미술품처럼 고급화시켜서 이곳 건물과 어울리게 만드는 데 집중하고 있다. 즉, 박물관의 목표인 전시, 연구, 보호, 수집 등의 목표에서 전시 부분이 극대화된 공간인 것이다. 이는 이 미술관이 구축한 색다른 매력이기는 하나 그 한계도 분명함을 의미한다.

또한 근대에 만들어진 것이 아닌 현대에 만들어진 공간임에도 유물 구입 과정이 대부분 비밀로 쌓여 있어 흥미롭다. 신흥 종교의 창립자였던 미술관 건립자는 1990년부터 1997년까지 집중적으로 유물을 수집하였는데, 이때 유럽에 인맥이 닿아 있는 호리우치 노리요시라는 일본인 고미술 중개상이 큰 역할을 했다. 문제는 그 고미술 중개상이 유럽에서 불법 골동품을 구입하여 파는 혐의로 여러 번 검찰 수사에 걸린 인물이라는 것이다. 즉, 미호미술관 소장품 중에 불법 유출 혐의를 지닌 물건이 있다는 의미이기도 하다.

결과적으로 아름답고 매력적인 공간이기는 하나 이처럼 몇 가지 부분에서는 배워서는 안 되는, 또는 보충해야 하는 부분도 있는 미술관이다. 결국 우리가 목표로 하는 이집트 전시실은 이집트 역사와 문화를 전반적으로 설명할 수 있으며, 유물 수집 과정도 투명성을 유지하되 A급 유물까지 충실히 갖춘 곳으로 해야 좋겠지. 이것이 바로 박물관이 갖추어야 할 주요 요소를 모두 갖춘 공간이기 때문이다.

자. 이제 지금까지 확인한 결과를 평가해보자. 일본의 예를 볼 때 아시아에서 최고 수준의 이집트 전시관을 꾸밀 수 있는 여력이 우리에게도 충분히 있음을 확인할 수 있었다. 인상파와는 달리 일본도 수준 높은 이집트 전시실은 부족한 상황인 것이다. 이는 그동안 일본에 돈이 없어서가 아니라 근대화 당시 모범으로 한 유럽과 서구 문명권에 대해 중세 르네상스 시대부터 인상파 수준까지만 우선 이해했기 때문이다. 즉, 당시 강대했던 유럽의 모습이다. 이에 유럽이 자신의 뿌리인 이탈리아 르네상스→로마→그리스→메소포타미아→이집트 등으로 세계관을 확장하던 근대에, 일본은 유럽의 경우 인상파로 대표되는 근대 시점에 주로 집중하고 나머지 여력은 일본 자신의 문화적 뿌리인 한반도→중국→인도 등에 집중한 것이다.

현대 들어와서 일본 역시 선진국이 된 만큼 이집트 연구에 상당히 집중하는 모습을 보이고 있으나, 여전히 유물 확보에서는 부족한 모습이 이어지고 있다. 이는 한때 미술품을 집중적으로 구입하던 일본의 세대가 근대의 세계관을 바탕으로 성장한 인물들이었기에 나온 결과이기도 하다. 덕분에 일본 컬렉터들은 이집트 유물을 살 돈이 있다면 더 모아서 중국 도자기 또는 서양 미술을 구입했으니까.

그 결과 소장한 유물이 부족하니 그나마 중동 문화라 하여 이집트와 주변 이라크, 이란 문명을 합쳐 공간을 만든 곳이 있지만, 앞서 보듯 깊이 면에서는 부족함이 여실히 드러나고 있다. 이집트 단독의 독립적 공간으로서 매력은 한계가 있는 것이다. 그뿐만 아니라 요즘 일본의 젊은 컬렉터들은 이전 세대와 비교하여 고미술 소장에는 관심이 덜하다. 이와 관련하여 일본 쪽 사람과 만나보고 이야기를 해보면 젊은 컬렉터들은 현대 미술에 주로 집중한다 하더군. 그리고 그 컬렉터의 절대적 숫자마저도 이전에 비해 엄청나게 많이 줄었다고 한다. 이런 점도 우리에게는 좋은 기회라 생각된다.

MUSEUM

7
이집트 유물
수집 시 유의 사항

토리노 이집트박물관

　지금까지 조사한 내용을 바탕으로 첫 시작은 300평 전시 규모에 뮤지엄 숍 및 강연, 교육시설 포함하여 500평, 전시실에 들어갈 250~300점의 유물 그리고 이집트 유물로 통일한 공간을 만들기로 계획을 잡아보았다. 상상은 자유니까. 그럼 안양시청을 옮기고 남은 5207억 원으로 효과적인 유물을 수집할 수 있을까? 이 질문에 앞서 과연 이집트 유물에만 집중한 공간으로도 흥행이 가능할지 살펴보기로 하자.

　오로지 이집트 유물에만 집중한 박물관을 골라본다면 이집트 국립박물관 그리고 이탈리아 토리노 이집트박물관 등의 예가 있다. 이 중 이집트 국립박물관은 자국에서 만든 것이라 어떻게 보면 콘셉트가 명확하고 당연한 것이니 넘어가기로 하고, 이탈리아 토리노 이집트박물관을 조사해보자.

토리노는 북부 이탈리아에 있는 인구 90만의 공업 도시로 우리에게는 2006년 동계 올림픽이 개최되어 그나마 알려져 있으나 여행지로서는 그리 유명한 곳은 아니다. 하지만 유럽에서는 특히 프랑스인들에게 매우 좋은 여행지로 각광받고 있는데, 프랑스와 지리적으로 가까운 데다 프랑스어도 쓰이며 실제 문화권 및 근현대 역사에서도 프랑스와 연관이 무척 깊기 때문이다. 덕분에 유럽인들은 토리노를 '이탈리아 속 프랑스' 또는 '이탈리아의 파리'라 부를 정도이다. 바로 이 도시에 이집트 박물관이 있으니 토리노 이집트박물관(Museo Egizio)이 그곳으로 그 의미가 상당하다. 세워진 때는 1824년이며, 이 박물관이 예상외의 큰 반응과 인기를 얻자 이탈리아 내 피렌체 및 바티칸에도 이집트 전시관이 세워진다.

현재 토리노 이집트박물관의 유물은 가히 세계 수준급으로 평가되는데, 소장하고 있는 유물이 약 3만 2500점이나 된다. 그중에는 청관을 쓰고 있는 높이 194cm의 람세스 2세 좌상, 생존 시 카(Kha, 기원전 1440~기원전 1350)라 불리던 왕실 전속 건축가와 그의 부인 묘 출토품, 아스완 댐 건설로 수몰 위기에 처한 유적지를 이전하는 데 지원을 한 뒤 이집트 정

마치 이집트 신전에 들어선 듯한 분위기를 느끼게 하는 토리노 이집트박물관.

부로부터 선물로 받은 엘레시아 신전(Temple of Ellesyia) 등 이름난 유물도 상당수다.

이 중 카(Kha) 부부의 유물은 이 박물관의 얼굴마담처럼 잘 알려져 있다. 발굴 전까지 도굴되지 않은 이집트 무덤에서 나온 것으로, 관(棺)을 포함해 생전 사용하던 물건뿐만 아니라 무덤에 함께 넣은 음식까지 그대로 남아 있어 고대 이집트인의 생활상을 보여주기 때문이다. 이러한 소장품과 첫 이집트 박물관이라는 역사 덕분에 유럽을 넘어 전 세계에서도 손에 꼽히는 이집트 전시관으로 자리 잡을 수 있었다.

고대 로마에서 이어진 이탈리아의 이집트에 대한 꾸준한 관심이 만들어낸 최종 결과물이라 할 수 있는 이 박물관을 세운 이는 사르데냐 왕국의 왕인 카를로 펠리체(Charles Felix, 재위 1821~1831)다. 그는 프랑스와 오스트리아 사이에서 절묘한 외교 정책을 펼치며 운영되던 이탈리아 북부 왕국의 지배자였다. 사르데냐 왕국의 수도가 다름 아닌 토리노였으니 이집트박물관이 이곳에 세워진 이유도 그 때문이었다.

사르데냐 왕국은 한때 프랑스 나폴레옹의 침략으로 영토를 잃으면서 전란을 피해 바다 건너 지중해에 위치한 사르데냐 섬으로 수도를 옮기는 악운도 경험했다. 그러나 나폴레옹의 패전 후 전후를 처리

하던 빈 회의(1814~1815)를 통해 영토를 회복하면서 다시금 토리노로 수도를 옮길 수 있었으며, 응축된 힘을 바탕으로 항구 도시 제노바까지 합병하는 등 서서히 두각을 보인다. 결국 1861년, 사르데냐 왕국은 강대국 프랑스의 지원과 자국 출신의 명장 가리발디의 활약으로 분열되어 있던 이탈리아를 통일한다. 이것이 현재의 이탈리아 공화국의 뼈대가 된 이탈리아 왕국이었다. 이처럼 역사를 살펴보면 토리노가 근대에는 이탈리아 소국들 중 으뜸가는 실력을 지닌 국가의 수도였으며, 그런 만큼 당연히 문화적인 면에서도 만만치 않은 능력을 갖추고 있었음을 알 수 있다.

결국 그 도시의 격에 맞게 수준 높은 박물관이 설립된 것인데, 이 박물관의 소장품 수집 역사는 물론 박물관 설립 한참 전부터 시작되고 있었다. 1630년, 로마 시대에 만들어진 이집트의 청동 유물 모방품이 토리노에 들어오면서 왕가의 컬렉션이 시작되었다. 1724년부터는 그때까지 모아온 이집트 컬렉션이 토리노 대학에 옮겨져 연구되기 시작했으며, 1757년부터는 토리노 대학의 교수 비탈리아노 도나티에 의해 이집트에서 직접 300점 이상의 유물을 수집해오면서 더욱 알찬 내용을 갖추게 된다.

하지만 현재의 모습을 갖추는 데 큰 공을 세운 인

물은 따로 있었으니, 베르나르디노 드로베티 (Bernardino Drovetti, 1776~1852)가 주인공이다. 그는 사르데냐 왕국의 토리노 인근에서 태어났으나, 프랑스 국적을 취득하고 이집트에서 활동하다 마지막에는 토리노에서 사망한 묘한 이력을 지녔다. 이집트에서는 프랑스 총영사로서 1802~1804년, 1821~1829년 이렇게 두 차례 활동하였다. 이 시점 이집트는 마침 무하마드 알리라는 오스만 제국 총독이 사실상 독립국처럼 국가를 운영하면서 선진 제도와 기술을 받아들이려는 목적으로 프랑스인을 매우 우대하고 있었다. 이에 베르나르디노 드로베티는 당대 권력자 무하마드 알리 및 그의 아들과도 친하게 지내면서 총영사 임무 틈틈이 고대 이집트 유물 수집에 열정적으로 임할 수 있었다.

그가 이렇듯 이집트 유물 수집에 열심이었던 것은 무엇보다 개인적으로 이집트 문화에 대한 관심이 컸기 때문이기도 했지만, 당시 이집트 유물 수집 열풍이 유럽의 여러 왕실과 귀족을 중심으로 대단하였기에 유물을 중개해 돈을 벌려는 목적도 있었다. 이에 그는 타 유럽 경쟁자의 일을 적극적으로 방해하기도 했으며, 그러는 과정에서 이집트 문화에 대한 존중보다는 빠르게 유물을 획득하는 것에 혈안이 된 모습을 보이기도 한다. 당시 그의 경쟁자는 마찬가지로 영국 총영사, 스웨덴 총영사, 노르웨이 총영사 등 이집트 총독의 허가를 받아 발굴 작업을 하고 유물을 자국이나 필요한 유럽 미술 시장에 옮기는 이들이었다. 이처럼 외교관을 필두로 상인, 모험가 등이 뒤섞여서 당시 이집트에 거대한 유물 시장을 만들고 있었음을 알 수 있다.

어쨌든 베르나르디노 드로베티는 그의 목표대로 상당한 양의 이집트 유물을 손에 넣을 수 있었고, 이것을 제대로 값을 받아 팔기로 결심했다. 처음에는 자신이 프랑스 총영사인 만큼 프랑스의 루브르박물관에서 인수해주기를 바랐으나, 높은 가격 때문인지 그의 제의는 거절당하고 만다. 하지만 1824년, 이집트학자 샹폴리옹(Jean François Champollion, 1790~1832)의 중개로 사르데냐 왕국 국왕 카를로 펠리체가 대신 해당 컬렉션을 구입함으로써 베르나르디노 드로베티는 고향에 자신이 수집한 유물을 남길 수 있게 되었다.

이때 토리노 이집트박물관에 인수된 이집트 유물은 5268점에 이르렀으며 조각상 100개, 파피루스 기록 170권, 미라, 비석 등이 포함된 어마어마한 것들이었다. 현재 토리노 이집트박물관은 다양하고 거대한 이집트 조각상을 통해 마치 이집트 신전에 들어선 듯한 분위기를 느끼게 하는 것이 자랑인데, 이러한 전시 방식에 가장 큰 공을 세운 이가 바로 베르나르디노 드로베티였던 것이다.

이후에도 토리노 이집트박물관은 개인 컬렉션을 기증받거나 구입하고, 때로는 직접 이집트에 조사단을 파견하여 이집트 정부에게 유물을 배분받는 형식으로 꾸준히 소장품을 늘려갔다. 이에 근대 이집트학 연구에 새로운 지평을 연 슈퍼스타 샹폴리옹도 이곳에 방문하여 이집트 상형 문자 해석 방법을 연구한 적이 있으며, 지금까지도 다양한 이집트 연구자들이 자료 연구를 위해 방문하는 장소가 된다. 물론 관광객에게도 잊지 못할 추억을 주는 장소로 활약 중인데, 이집트 유물 관람만으로도 족히 2시간 이상은 봐야 할 만큼 유물 숫자가 엄청나기 때문이다.

재미있는 것은 1630년 토리노 이집트박물관이 처음 소장한, 로마 시대에 만들어진 이집트의 청동 유물 모방품이 박물관 입구에 전시되어 방문객들을 가장 처음으로 맞이하고 있다는 점이다. 로마가 만든 복제품이라 해석조차 되지 않는 엉터리 상형 문자로 장식된 가짜 물건임에도 이를 통해 토리노 이집트박물관이 얼마나 오래 전부터 이집트 문화에 관심을 두었는지 보여주는 것이니, 이 역시 이탈리아의 오래된 이집트 연구에 대한 남다른 자부심이 표현된 것이라 볼 수 있겠다.

한편 베르나르디노 드로베티 이야기를 조금 더 해보자면, 토리노 이집트박물관에 자신의 소장품을 판매한 경력 덕분에 이름이 크게 높아진 그는 두 가지 더 놀라운 성과를 이룩하였다. 1827년 루브르박물관과 1836년 베를린 신 박물관(Neues Museum)에도 각각 자신의 컬렉션을 대거 판매함으로써 프랑스와 독일에서도 이집트 전시실이 확충되어 자리 잡는 데 큰 영향을 준 것이다. 이처럼 이탈리아를 포함해 국경을 달리하는 유럽 최고의 이집트 전시실 무려 세 곳에 손길이 남아 있다는 것에서 그의 사업 수완이 얼마나 남달랐는지를 알 수 있다. 또한 그는 당대 여러 아카데미에서 이집트학자로서의 명성과 명예를 얻기도 했다. 하지만 그런 그도 말년은 그리 아름답지 않았다. 고생 끝에 1852년 3월 5일, 토리노에 위치한 정신병원에서 사망했기 때문이다.

다시 돌아와, 그렇다면 현재 토리노 이집트박물관의 흥행은 어떨까? 인구 90만에 불과한 도시에 만들어진 박물관임에도 한 해 무려 85만 이상의 관람객이 모이고 있다는 사실. 이처럼 안양처럼 작은 규모의 도시라도 충분히 도전해볼 만한 결과를 보여주고 있다.

한번 생각해보자. 박물관에 이집트 유물은 기본적으로 갖추고 있는 유럽이다. 이처럼 평균 레벨이 대단히 높은 곳에서도 이집트 유물 하나만으로 한 박물관이 큰 흥행을 만들고 있다는 것은, 아시아처럼 이집트 유물을 소장한 박물관이 거의 없는 곳에서는 이집트 유물 하나만으로도 경쟁력이 있다는 이야기이기도 하다. 물론 토리노 이집트박물관 수준까지 만드는 것은 불가능한 일이다. 그러나 평균 레벨이 낮은 곳에서는 어느 정도 수준, 즉 일본의 이집트 전시실 수준을 월등히 넘는 공간만 만들어도 대단한 힘을 보일 수 있다. 마치 인상파 미술이 부족한 아시아에서 일본 미술관이 왕 노릇을 하는 것과 마찬가지. 또한 만일 이집트 박물관을 한국에 유치한다면 아시아 최초의 이집트 전문 박물관이 생기는 것이니, 이는 곧 이탈리아 토리노만큼의 상징성을 갖출 수 있다는 의미이기도 하다.

유물 수집 방법

이제 이집트 유물 수집하는 방법을 알아보기로 하자. 나는 해외여행을 할 때면 방문한 도시의 박물관과 미술관에 들르는 것을 필수로 하지만, 그 도시의 고미술 상점이나 갤러리에 들르는 것 역시 매우 중요하게 여긴다. 내 경험상 한 도시의 고미술 상점이나 갤러리 수준은 그 도시의 문화적 기반을 그대로 보여주고 있기 때문이다. 실제 약속한 듯이 도시의 고미술 상점이나 갤러리의 딱 그 수준에 맞게 박물관과 미술관이 만들어져 있다. 물론 이렇게 상점에 방문했다가 뜻밖에 보물을 찾아내는 기분도 남다르다. 지금은 돈이 없어서 못 사지만 미래에 어찌 될지는 알 수 없으니 눈이라도 열심히 높여놓아야지.

이를 위해 열심히 상점 사람과 대화하기도 하는데, 일본 상점에서는 한 시간 이상씩 이야기하며 놀 때도 있다. 하지만 영어권을 방문하면 영어를 잘하지 못해서 한계가 있다. 어차피 언어를 공부할 것이라면 여러분은 가능한 한 영어 공부를 열심히 하면 좋겠다.

여하튼 한국, 중국, 인도 등의 유물은 도쿄나 오사카 등에서도 질 좋은 것을 많이 볼 수 있지만 이집트 유물은 미국 뉴욕, 영국 런던 등에서나 구할 수 있는 듯하다. 특히 뉴욕 상점에서는 이집트 유물 중 다양한 장신구와 이집트 신(神)을 조각한 청동 유물 중 작은 것 등을 두고 점원과 가격이 얼마인지, 또 다른 종류는 무엇이 있는지 자세히 물어본 적도 있다. 듣기 힘든 수준의 영어로 내가 말하는데도 생각보다 열심히 들어주고 친절하더군.

다만 흥미로운 점은 가격이 꽤 저렴하다는 것. 고미술이라 당연히 비쌀 거라고 지레짐작해서일지도 모르나, 한국 고미술과 비교해도 생각보다는 저렴했다. 고대 이집트라면 대부분 기원전 유물일 텐데, 수백만 원에서 수천만 원이면 살 수 있는 것이 무척 많다. 물론 크기가 크지 않은 것이 그렇다는 의미. 즉, 이집트 유물로 박물관을 꾸밀 때 주인공이 될 만한 큰 크기의 이집트 신 또는 파라오 조각, 상형 문자가

세크메트 조각은
전 세계 이집트
박물관에서 쉽게
만날 수 있다.

새겨진 벽화 또는 비석, 이집트 미라 관 등이 비싸지, 일반 장신구나 무덤의 부장품으로 들어간 작은 조각들은 비교적 저렴해 쉽게 수집이 가능하다. 다만 쉽다는 것도 일반 물건을 의미하며, 작아도 재료가 금이거나 더 세밀하게 조각된 고급품이면 당연히 가격이 오르겠지.

그래서 지금부터는 이집트 유물 수집에 얼마 정도 돈이 필요할지 알아보기로 하자. 이는 소더비, 크리스티 등의 경매 회사를 통해 확인이 가능하다. 각 회사의 홈페이지에 들어가서 검색창에 "Ancient Egyptian Sculpture"라고 치거나, 아예 구글에 "Sotheby's Ancient Egyptian Sculpture" 또는 "Christie's Ancient Egyptian Sculpture"라고 치면 여러 유물 사진이 나오니 그것을 클릭하여 가격을 알아볼 수도 있다.

사진을 쭉 살펴보니 가장 먼저 이집트 신이자 사자 머리로 유명한 세크메트(Sakhmet) 조각이 보이는군. 암사자 머리를 한 인간 모습으로 이집트에서는 전쟁의 신으로 통한다고 한다. 성격도 포악하고 무섭다 하며 그런 만큼 이집트에서는 신전 입구에 경호를 하듯 세워둔 경우가 많았다. 마침 도쿄국립박물관 동양관(東洋館)에도 2점이 있다. 클릭해보자.

이시스 조각처럼 고대 이집트 신(神) 조각상 역시 전시실에 있으면 주목받는 주인공이 될 수 있다.

소더비 뉴욕에서 2015년에 경매된 209cm의 좌상으로 꽤 큰 작품이다. 설명을 읽어보니까 기원전 1403~기원전 1365년 작품이고 파라오 아멘호테프 3세 시대 유물이라 설명이 되어 있군. 낙찰 가격은 417만 달러, 즉 50억 원 수준이다. 18세기 조선 달 항아리가 30억 원 수준인데, 나쁘지 않네?

50억 원. 참고로 인상파 작품 괜찮은 것 한 점을 구입하려면 최소 300억 원이 필요했었다. 그렇다면 인상파 작품 한 점이면… 그, 그래. 더 쉽게 이를테면, 모네의 〈수련〉한 점이면 2m 크기의 이집트 신 조각상 6점을 구입할 수 있다. 게다가 2m 크기의 석상 6점이 한 공간에 모여 있으면 그 압도감은? 물론 6점을 한 번에 사기는 힘들겠지만. 한번 상상해보았다. 짜릿하지 않은지?

사진을 쭉 살펴보니 이번에는 이시스(Isis) 조각이 보이네. 이집트를 대표하는 여신이자 풍요의 신으로, 저승 세계를 관장하는 남편인 오시리스(Osiris)와 함께 이집트 최고의 신 중 하나로 꼽힌다. 당연히 이집트 문화에서 그 의미가 상당하다 하겠으니, 여러 이집트 신화에 이시스가 중요한 신으로 언급되고 있는 것으로도 이를 증명한다. 클릭. 크리스티 런던에서 2012년에 경매된 73cm의 나름 큰 크기의 조각상으로, 얼굴이 마치 살아 있는 사람처럼 보이며 기원전 664~기원전 525년 유물이다. 가격은 593만 달러, 즉 70억 원 수준이군. 오호.

이를 보니 큰 크기에 완전한 형태의 조각품으로서 이집트 전시실을 당당하게 장식할 신 조각상은 50~70억에 한 점을 살 수 있는 것 같다. 우리가 모델로 삼은 토리노 이집트박물관에는 이런 이집트 조각이 100점 이상 있다는 의미니, 우리도 시작점에 최소 10점은 있어야겠지? 즉, 500~700억 원이 필요하겠다. 그런데 사실 이 정도면 인상파 작품 2~3점 가격에 불과하다. 인상파 때와 달리 엄두를 내볼 만한 액수라는 생각이 드는데?

다음으로 이집트 하면 떠오르는 미라 관을 알아보자. 사후 세계를 믿었던 이집트에서는 부활을 위해 시신을 썩지 않도록 미라로 만들었다. 영혼이 돌아와 미라와 결합되어야 완전한 부활이 가능하다고 여겼기 때문이다. 이를 위해 미라는 생전 그의 지위나 부에 맞춰 관을 만들어 보관하였는데, 덕분에 이집트를 상징하는 문화로 알려지게 되었다. 오죽하면 이집트 전시에 미라 관이 빠지는 경우는 볼 수 없을 정도이니, 이집트 전시실을 꾸미려면 필수적으로 갖추어야 함을 의미한다. 인상파 전시실에서 모네 작품에 버금가는 위치라 할 수 있겠군.

구글 사진을 쭉 더 살펴보니 잘생긴 미라 관이 하

나 보인다. 2019년 크리스티 뉴욕에 출품된 미라 관인데, 기원전 945~기원전 889년에 제작되었고 관 안팎으로 이집트 사후 세계에 대한 그림이 가득 그려져 있다. 미라 관의 얼굴도 깔끔하게 잘 조각되어 있는 수준급이군. 이 정도면 솔직히 일본의 이집트 전시실을 전부 돌아다녀도 볼 수 없는 수준이다. 미국, 유럽에야 많이 있지만…. 여하튼 가격을 알아보자. 낙찰 가격이 325만 달러, 한국 돈으로 38억 원이다. 그렇다면 A급 미라 관을 3점 정도 사려면 120억 원 정도가 필요하겠군. 그보다 그림이나 질에서 수준이 떨어지는 B급은 10억 원 이하에도 살 수 있다. 즉, 미라 관 A급 3점에 B급 3점 정도면 박물관 첫 시작으로는 나쁘지 않겠지.

이렇게 큰 조각상 10점과 미라 관 6점을 대충 모아보니 1000억 원 안쪽이면 정말 충실하게 구비할 수 있다는 결론이 나온다. 그리고 죽은 이를 위해 만든 카(ka) 조각(참고로 Ka는 이름이 아니라 이집트에서 죽은 이의 형상을 띤 조각상을 의미한다), 상형문자가 새겨진 벽화나 비석을 더해야 한다. 고대 이집트에서는 이런 조각들에 죽은 이의 영혼이 머물기에 봉헌한 음식물을 얻을 수 있다고 여겼다. 죽은 이의 생전 모습을 그대로 묘사한 카 조각의 경우, 여러 이집트 박물관에서 마스코트로 활약 중일 정도로 그

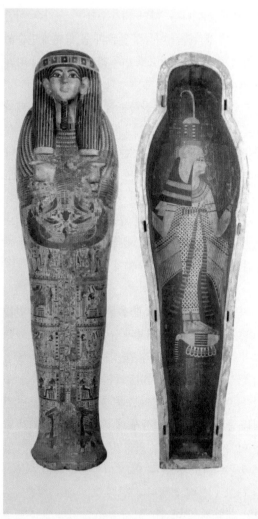

이 정도 이집트 미라 관이 종종 메이저 미술 경매에 나오는 A급 유물이다. 미라 관 안팎으로 사후 세계에 대한 그림이 빼곡하게 그려져 있다.

묘사력이 뛰어나다. 다만 대부분의 카 조각은 이집트인들이 생각하는 이상적 얼굴과 몸 형태에 단순히 생전 이름을 새긴 것으로 마무리되었다. 질에 따라 가격의 문제가 있었겠지.

그러나 파라오가 등장하는 조각은 완벽한 형태의 것을 거의 구할 수가 없으니, 얼굴만 남거나 허리 위 부분만 남은 것을 구해야 한다. 마찬가지로 벽화나 비석도 파라오 나오는 것은 구하기 힘드니, 파라오를 포함해서 귀족이나 일반 이집트인이 새겨진 것을 주로 구해야겠다. 이 역시 가격은 위와 같은 방식으로 찾아보면 되는데, 3~20억 원이면 충분히 구할 수 있다. 30~40점이면 최대 600억 원 정도 되겠군.

자. 이제 이집트 박물관 유물의 얼개가 대충 만들어졌다. 주요 미술 경매장과 뉴욕, 런던의 신뢰 높은 고미술 상점에서 1600억 원 정도 투입하면 50~60점의 근사한 조각과 볼거리로 가득한 공간을 만들 수 있다. 여기다 200여 점의 소품 및 작은 조각 등을 전시품 중간중간에 충실하게 메우려면, 최대 400억 원을 더 추가하여 2000억 원이면 되겠군. 이 정도면 일본에서는 결코 만날 수 없는 이집트 전시실 수준이 될 테고 더불어 한국이나 일본, 대만에 특별전으로 오는 해외 유명 이집트 전시 수준도 가볍게 넘을 수

국립중앙박물관이 브루클린미술관에서 빌려온 파라오 부조. 주인공은
다름 아닌 람세스 2세(Ramses II)다. 이집트 파라오 중 유명세로 손에 꼽
히는 파라오이기도 하다. 한국으로 치면 마치 고구려의 광개토대왕 이미
지라 할까. ⓒ황윤

준까지 구축이 가능하다. 이집트 분야에서는 감히 아시아 최강이 만들어지는 것이다.

하지만 이것만으로는 부족하지. 암. 미술 경매장, 신뢰 높은 고미술 상점 외에도 이집트 최고 수준의 유물을 구할 수 있는 방법이 하나 더 남아 있다. 물론 안양시청을 옮기고 남은 5207억 원에 이번에 계산한 이집트 예산으로 2000억 원을 빼면 아직 3207억 원이 남았으니까. 인상파 때와 달리 자본도 여력이 있네.

영국에서 유출되는 이집트 유물

2014년 7월 10일, 런던 크리스티(Christie' s)에서는 놀라운 관심 속에 조심스럽게 경매가 진행되고 있었다. 그 주인공은 영국의 노샘프턴박물관(Northampton Museum)이 소장하고 있던 이집트 유물로, 한눈에 보아도 귀한 작품임이 틀림없었다.

살아 있을 때 세켐카(Sekhemka)라 불리던 서기와 그의 아내가 함께 있는 75cm의 석회암 조각상으로, 간단히 〈노샘프턴 세켐카 조각상〉이라 일컫는다. 기원전 2492~기원전 2345년, 즉 한반도의 단군 시대보다도 전에 만들어졌음에도 당시 칠한 색이 거의 완전히 남아 있다. 여기에다 주인공이 세밀하게 표현되었을 뿐만 아니라 앉아 있는 의자에도 여러 조각들이 다채롭게 표현되어 있어서, 고대 이집트의 가족상 중에서 유독 뛰어난 것으로 평가받고 있었다. 이집트가 남긴 카(ka) 조각 중 최고 품질 중 하나로, 그래, A급을 넘어 S급이라 하자.

하지만 노샘프턴박물관에서는 세켐카 조각상을 경매를 통해 팔기로 했는데, 이는 박물관 운영과 서비스 개선을 위해 필요한 자금을 모으기 위해서였다. 그뿐 아니라 지역 성당을 복원하는 비용도 이 유물을 팔아서 충당할 예정이라고 노샘프턴 자치구 의장은 주장하였다. 그러나 이에 대한 반발이 곧 등장하였다. 영국박물관협회에서 유물을 팔아서 자금을 모으는 것은 잘못된 일이며 오히려 박물관의 가치를 떨어지게 만들 것이라 하면서 반대에 나선 것이다. 영국의 관련 학자들도 단순히 운영비 등을 위해 조각상을 파는 것은 옳지 않다는 의견을 보였으며, 지역 여론 조사를 해보아도 해당 유물이 박물관에 그대로 남아 있기를 원하는 사람이 많았다.

이렇게 사태가 걷잡을 수 없게 커져가자 이번에는 이집트 당국에서도 해당 유물 경매에 대한 의견을 내는데, 대사관을 통해 박물관의 철학과 가치를 지키라면서 윤리적 문제를 들어 이집트 유물 판매에 대한 반대 의사를 표시한 것이다.

상황이 이러함에도 노샘프턴박물관에서는 포기

노샘프턴박물관
세켐카 조각상.

하지 않고 경매를 진행하기로 했다. 중간에 반대 시위 때문에 경매가 잠시 중단되는 소란도 있었으나 1576만 파운드, 한국 돈으로 약 295억 원에 낙찰된다. 이는 역대 고대 이집트 유물 중 경매가 최고 가격이었으며, 크리스티가 예측한 가격보다도 약 3배 더 높게 나온 것이었다. 이런저런 반발로 워낙 이슈가 되는 바람에 사람들의 주목도가 높아지면서 벌어진 일이었으니, 결국 이렇게 소문난 경매로 성공리에 끝나는 듯싶었다. 그러나 곧 제재가 들어온다.

경매가 끝나자마자 영국 정부는 해당 유물에 대한 일시적 수출 금지 조치를 내렸으며, 약 1년간 영국에 두면서 낙찰자를 대신하여 낙찰 금액을 내는 영국인 또는 영국 기관이 있다면 그에게 우선 소유 권한을 주겠다고 한 것이다. 한술 더 떠 이집트에서도 이와 같은 경매는 이집트 고대 유물에 대한 학대라면서 이집트에 유물을 팔 수 있는 권한을 달라고 주장한다. 그럼에도 300억 원에 가까운 액수를 부담하는 이를 영국이나 이집트에서 찾을 수 없었고, 1년 후 수출 금지가 풀리면서 〈노샘프턴 세켐카 조각상〉은 새로운 주인을 찾아 떠났다. 낙찰자가 누구인지는 정확히 알 수 없었으나, 조각상이 가는 곳이 미국이라는 방송사 보도가 나오면서 영국은 다시 한 번 자존심을 구기고 말았다.

하지만 경매 사건은 이 정도로 마무리되지 않는다. 이후 노샘프턴박물관은 영국박물관협회에 의해 5년간 회원 자격이 정지되었으며, 영국 정부에서는 해당 기관이 미술품 수집을 관리하는 임무를 소홀히 했다 하여 한동안 미술 보조금 및 지원을 받지 못하도록 한 것이다. 그러나 이번 사건은 워낙 유물의 가치가 높기 때문에 이슈가 된 것일 뿐, 박물관이 소장하고 있는 고대 이집트 유물의 거래는 지금도 공공연히 벌어지고 있다. 오죽하면 꽤 오래 전 내용이나 재정 문제로 영국 지방 박물관 11%가 소장품 매각을 심각하게 고려 중이라는 통계가 있을 정도인데, 지금 영국 경제는 그때보다 훨씬 안 좋은 상황이니 그만큼 매각을 고려하는 수치 역시 더욱 높아졌겠지? 이는 한때 '박물관의 왕국'이라 불리던 영국이 지금은 보유하고 있는 유물을 제대로 관리하는 데도 벅찬 상황임을 의미한다. 즉, 노샘프턴박물관은 이러한 암울한 분위기에 대한 영국 사회의 반발로 큰 이슈가 되는 바람에 조금 과한 제재를 받았을 뿐이다.

사실 제국주의 시대에는 사람이 사는 영토와 인력 4분의 1을 장악한 적도 있는 영국이나, 양차 세계 대전 이후 경제가 하락을 지속하면서 1976년에는 IMF 지원을 받는 치욕도 경험하였다. 물론 최악의 경제 상황은 빠르게 극복하여 여전히 발언권이 강한 나라이긴 하다. 그럼에도 과거 영광의 시절과 비교하면 경제적 영향력이 거의 10분의 1 규모로 줄어들었기에, 가장 잘나가던 제국주의 시대에 모아들인 엄청난 숫자의 유물을 지금도 여전히 부담하기에는 갈수록 힘든 상황이 된다. 결국 대영박물관이나 주요 안정된 기관에서 운영하는 박물관을 제외하고는 돈이라는 현실에 굴복하는 일이 계속 생겨날 수밖에 없다. 따라서 이렇게 시장에 나온 유물을 획득하려는 새로운 도전자에게 자국 소장품이 유출되는 상황도 일어날 수밖에 없는 상황인 것이다.

그렇다면 세계 여러 나라의 유물임에도 그 누구보다 잘 보관할 수 있기에 우리가 가지고 있겠다는 기존의 영국 논리에도 약점이 생겨버린다. 근대 이집트가 돈 흐름에 의한 유물 유출을 반쯤 허락하며 눈감았던 것처럼 영국 역시 갈수록 이런 일에 무덤덤해질 수밖에 없기 때문이다. 이처럼 이번 사건도 역사에 영원한 강자는 결코 없다는 것을 보여준다. 박물관 문화에 대한 남다른 자부심을 지니고 있던 영국도 경제적 압박에 굴복하는 모습에서 이를 분명하게 느낄 수 있다.

문제는 지금도 영국뿐만 아니라 유럽, 미국 등지에서 경매나 일반 시장을 통해 나오고 있는 이집트 유물이 상당하는 점이다. 그러나 이 유물 모두가 안정된 보관소를 찾지는 못하고 있으며, 유물의 본국인 이집트 역시 경제적으로 매우 취약해서 기증 이외에는 이 유물들을 받아들일 여유가 거의 없다. 결국 "선진 박물관을 지닌 우리가 유물을 가장 잘 보관할 수 있다"와 "유물이 있어야 할 자리는 본래 존재했던 자리"라는 각각의 논리가 현실에서는 어느 한쪽이 무조건 옳다는 식으로 가려지기란 무척 어려운 모습을 보여주고 있는 것이다. 현실은 현실일 뿐이다. 그럼 우리가 취할 수 있는 방식은 무엇일까?

영국, 프랑스 등 유럽의 경영 상태가 좋지 못한 지역 박물관을 미리 파악한 후 우리에게 필요한 이집트 유물을 해당 기관과 직접 접촉하여 구입하는 방식이 아닐까? 사실 경매에 주요 작품을 출품하여 약해진 재정을 공개적으로 알리는 것도, 더 나아가 경매 낙찰 후 경매 회사에 수수료로 무려 15~20%를 떼어주는 것도 해당 박물관으로서는 가능한 한 피하고 싶은 일일 테니 말이지. 역시나 이런 상황도 한국에서 이집트 박물관을 만들기에 좋은 기회라 할 수 있겠다. 구하기 힘든 진귀한 유물을 확보하는 또 다른 방법이 생겼기 때문이다.

물론 어느 정도 박물관을 선보일 준비가 끝나면 미술 경매에 최고가로 올라온 이집트 유물을 하나쯤 과감히 구입하여 세계 뉴스에 한국과 안양을 알리는 것도 필요하겠지. "아시아에 이집트 박물관이 만들어진다"라는 것을 전 세계로 홍보하는 데 겨우 200~300억 원이 든다면 해볼 만한 가치가 있는 것 아닌가? 그것도 광고비로 한순간에 돈이 사라지는 것도 아니고 구입한 S급 유물은 반영구적으로 박물관 대표 유물이 되어 남게 될 테고. 더 나아가 세계 언론은 알아서 그 작품과 구입한 장소를 뉴스로 크게 알려줄 테니까. 그렇다면 이와 유사한 언론의 효과를 한번 살펴볼까.

루브르아부다비

2017년 11월 8일, 중동의 아부다비에 루브르아부다비(Louvre Abu Dhabi)가 개관했다. 중동의 어마어마한 투자를 통해 만들어진 이 박물관은 아부다비정부와 프랑스 정부의 협약을 통해 '루브르'라는 이름을 빌려올 수 있었으며, 작품은 프랑스 정부로부터 보장받아 프랑스 내 13개 박물관으로부터 30년간임대하여 300점 정도를 꾸준히 바꾸면서 전시하도록 하였다. 아부다비 정부가 이를 위하여 들인 비용은 다음과 같다.

1. 아부다비 정부는 프랑스 정부에 5억 2500만 달러를 지불하여 '루브르' 이름 사용 허가를 받았고,

루브르아부다비 전시실 모습. 이집트, 메소포타미아, 그리스 조각 등이
함께하고 있다.

2. 추가로 7억 4700만 달러를 지불하여 프랑스 루브르박물관으로부터 소장품 대여, 특별전, 관리 교육 관련 협약을 맺었다고 한다.

총 12억 7200만 달러가 들어간 것이다. 한화로 약 1조 5000억 원이다. 결국 1조 5000억 원을 들여 루브르 브랜드와 유물 300점을 30년간 빌리기로 한 것인데, 두 국가가 이와 같은 결정을 한 이유는 무엇이었을까?

우선 프랑스는 1조 5000억 원의 돈을 받아 자국 유물을 관리하고 기존 박물관을 유지, 보수하는 데 사용할 예정이라 한다. 경제력의 하락으로 모아들인 유물 유지가 힘들게 된 것은 비단 영국만의 이야기가 아니기 때문이다. 물론 중동 지역에 루브르라는 이름을 통해 프랑스의 문화 영향력을 선보이려는 목표도 있었을 것이다. 어쨌든 고급문화를 수출하는 것은 해당 국가의 영향력을 타국에 효율적으로 보여주는 방법 중 하나이니까.

반면 아부다비는 단순한 석유 부국이 아니라 금융, 관광을 포함한 국제도시로 성장하기 위해 고급문화가 필요했다. 하지만 빈약한 자국의 문화 구조에서 단번에 브랜드 가치를 높이는 방법은 본래 유명한 브랜드를 과감히 이식해오는 것이다. 비용은 좀 들더라도 수준을 크게 올려놓고 서서히 기반을

레오나르도 다빈치 〈살바토르 문디〉.

구축하는 것을 목표로 한 듯 여겨진다. 실제 아부다
비는 1조 5000억 원을 들여 루브르박물관의 유물을
빌려오는 것 외에 자신들 역시 이 기회에 미술품을
적극적으로 구입하여 소장품을 크게 늘렸다. 여기에
다 박물관 건축비는 추가로 들어가는 비용이다.

그런데 이 과정에서 마침 루브르아부다비 개관
시점인 2017년 11월, 놀라운 경매 낙찰 소식이 들렸
다. 뉴욕의 크리스티 경매에서 4억 5030만 달러, 한
국 돈으로 무려 5100억 원에 한 그림이 낙찰된 것이

다. 그 주인공은 〈살바토르 문디(Salvator Mundi)〉라는 제목을 지닌 레오나르도 다빈치(Leonardo da Vinci, 1452~1519)의 작품이었다. 〈모나리자〉를 포함하여 세계에 불과 20점 정도 남아 있다는 레오나르도 다빈치 작품 중 하나로, 루브르아부다비 개관 바로 직전까지 러시아 재벌이 소장하고 있었던 것이다. 이를 낙찰 직후 아부다비 문화관광부가 직접 "우리가 구입한 것"으로 발표하니 세계 문화계는 놀라움을 감추지 못했다. 21세기 들어와 중동 부자의 미술 투자가 늘어나고 있었는데, 또다시 중동 부자의 손에 의해 역대 미술 가격 최고가가 경신되었기 때문이다. 이처럼 과거 유럽→미국→일본에 이어 중동이 최고가 미술 경매 행진의 큰손으로 계속 등장하고 있으니, 근래 중동의 미술품 수집과 세계적 박물관 건립에 대한 의지는 대단해 보인다.

덕분에 루브르아부다비의 명성도 크게 높아졌다. 아부다비 문화관광부가 언론을 통해, 낙찰된 레오나르도 다빈치의 작품을 개관하는 루브르아부다비에 걸겠다고 발표했기 때문. 이 뉴스는 세계에 퍼졌다. 이에 '루브르라는 명성 값 + 다빈치 + 5100억 원 작품'이 결합되어 개관하자마자 세계 각지의 사람들이 새로 만들어진 박물관에 모여든다. "유명세 높은 바로 그 작품"을 보기 위해 저 먼 곳까지 여행하는 미술 애호가들이 역시나 생각보다 많나보다.

나 역시 5100억 원 작품을 보려고 가볼까 했었는데, 아부다비에서 루브르아부다비 외에도 현대 미술로 유명한 뉴욕 구겐하임미술관의 분관과 대영박물관의 지원으로 아랍의 역사를 보여줄 자이드국립박물관도 만든다고 하니, 이 지역 여러 박물관 프로젝트가 다 완성되면 가려고 계획을 뒤로 미루었다. 아부다비는 유럽 여행 시 경유지가 아니더라도 인생에 한 번쯤은 도시 자체를 구경할 것 같은데, 일석이조라고 효율적인 여행이 좋잖아?

그런데 흥미롭게도 〈살바토르 문디〉는 낙찰 직후 공개하겠다는 약속과 달리 루브르아부다비에 결국 등장하지 않았고, 실제 구입 때 자본을 댄 인물이 아부다비 정부가 아닌 사우디 왕자라는 것이 드러나면서 지금은 루브르아부다비 개관 때 잠시 명성을 집중시켜주는 역할만 한 채 조용히 사라졌다. 여전히 사우디 왕자의 소장품으로 그가 가지고 있다는 것 외에는 별 소식이 없네.

어쨌든 그럼에도 결과적으로 최고가 낙찰이 보여준 효율적 광고 효과를 여기서도 볼 수 있었다. '프랑스에 지불한 작품 임대 가격 1조 5000억 원 + 화려한 박물관 건축비 + 아부다비에서 구입하여 준비한 작품 + 홍보비 = 대략 3조 원 이상'이 투입된 것이니 말이지. 그만큼 실패하면 안 되는 대형 프로젝트였는데, 최고가 낙찰 이슈가 더해지면서 더 많은 사람들이 관심을 보이며 모일 수 있게 만들었다. 초반 성공으로 인해 잘 안착된 루브르아부다비는 30년간 순항할 준비를 마친 것으로 보인다.

그렇다면 우리 이야기로 돌아와서, 앞서 계산해보았듯이 아시아 최고 수준의 이집트 박물관 하나 구축하는 데 들어가는 고미술품 구입 비용이 2000억 원 정도이고, 박물관 건축비는 시청 건물 중 전시실만 300평, 뮤지엄 숍 및 교육 시설 포함하여 500평을 사용하면 되니 크게 들어가지는 않을 테고. 그럼에도 안양시청을 옮기고 남은 돈은 여전히 3207억 원이 남았으니, 전시 시점이 다가올 때 이집트 S급 고미술품을 300억 원 가까이 들여 낙찰하며 큰 이슈 몰이를 한 후 "사실 그 작품을 구입한 곳은 안양의 이집트 박물관입니다"라 발표한다면?

세계 뉴스에 "아시아의 한 도시가 300억 원 이집트 역대 최고가로 작품을 낙찰하였고", "안양이라는 도시에 이집트 박물관이 개관될 예정이며", "이집트 유물이 몇 점이 있고", "지금까지 어떤 과정을 통해 이집트 박물관을 준비 중이었는지", "이집트 유물에 있어 아시아 최고 수준이라 평하는 전문가의 발언과", "안양이 어떤 도시인지, 한국이 어떤 나라인지 소개하는" 셀 수 없이 많은 기사가 국내를 넘어 해외 곳곳에 펼쳐질 것이다. 그럼 이집트 미술 애호가들이 한국, 아시아, 아 아니 세계에서도 모일 수 있겠지. 아무렴. 역대 최고가 낙찰 이집트 유물이 이곳에 있다는데, 당연한 것 아닐까?

MUSEUM

8
유명 박물관 분점

지금까지 진행 정리와 다음 계획

지금까지 안양 수준에서 최소 한 분야에 있어 아시아 최고 수준의 박물관 만드는 방법을 알아보았다. 내용은 다음과 같다.

1. 1안으로 계획한 인상파 미술관을 만드는 것은 비용 문제로 쉽지 않았다.

인상파 미술이 전 세계적으로 관람객을 모으는 데 가장 효과적이나, 아시아 최고 수준으로 만들려면 최소 3~4조 원의 금액이 오롯이 작품 수집에만 필요하다. 또한 시장에 나오는 작품군의 종류와 한계로 원하는 작품을 구하는 데 시간이 좀 많이 걸린다. 세계적 수준으로 보여줄 만한 경쟁력의 어느 정도 컬렉션을 갖추는 데 약 20~30년 정도가 필요. 즉, 돈만 있다고 할 수 있는 것도 아닌 것이다.

2. 2안으로 계획한 이집트 박물관을 만드는 것은 충분히 가능성이 있다.

전 세계에서 인상파 미술 다음으로 인기가 높은 이집트 박물관을 아시아 최고 수준까지 만드는 것은 이집트 고미술 2000억 원 정도 수집으로 이룰 수 있다. 또한 필요한 작품은 구할 수 있는 방법도 인상파에 비해 여전히 많이 남아 있다. 만일 독하게 마음먹고 안양시청을 옮긴 돈 5207억 원을 다 투입할 경우, 아시아 최고 수준을 넘어 세계적인 이집트 박물관 수준에도 턱걸이로 가능할지도 모르겠다. 말석 정도 언급되는? 다만 그럼에도 필요한 주요 유물이 시장에 나와야 하니 수집 기간에 6~7년은 필요하다. 후발 주자에게 이 정도만 되면 문턱이 정말 낮은 거지.

이처럼 인상파 미술관을 만드는 일은 한국 최고 재벌이 도전하거나, 아니면 지원할 여러 기업을 하나로 모아 미술관을 선보일 정부 또는 서울, 부산 등 거대한 도시가 제대로 된 목표 의식과 인내심을 지니고 세금 제도 등을 보완하여 도전해야 가능할 만큼 난이도가 높다. 반면 이집트 박물관을 만드는 일은 안양을 포함하여 여러 기관, 기업, 지방 자치 단체도 마음만 먹으면 충분히 가능한 이야기이다. 하지만 이집트 박물관 만들기에 도전한다고 선언하면 당장의 대중 반응이 어떠할지가 걱정이다. 단순히 계산을 해보면 충분히 가능한 프로젝트이나, 일반적인 생각에서는 허황되어 보일 테고 여전히 인식의 간극이 있기 때문이다. 본래 아무도 가지 않은 길을 처음 가는 것이 어렵지 누군가가 시작하면 결국 너도나도 따라오게 되어 있지만 말이지.

이에 대중을 설득하고 필요한 고미술품을 구입하는 기간 동안 다리 역할을 할 박물관이 필요할 수 있다. 그것이 다름 아닌 '유명 박물관의 분점'이다. 앞에서 잠시 언급한 아부다비의 루브르아부다비가 바로 그 예이기도 하다. 즉, 처음에는 해외 박물관 분점을 통해 인상파 또는 고미술 작품이 한 도시에서 전시될 때의 파급 효과를 보여주고, 여기서 나오는 긍정적 여론을 통해 서서히 독자적 이집트 박물관 건립으로 나아가는 것이다. 최종적으로 두 개의 박물관 모두 흥행에 성공할 경우, 고미술 분야는 이집트 박물관, 서양과 다양한 미술은 해외 박물관 분점을 통해 선보임으로써 국내에서 보기 드문 도시의 개성을 창출할 수 있다. 이와 같이 세계적인 수준의 예술을 언제나 쉽게 방문하면 볼 수 있는 도시가 한국에 그동안 있었나? 서울? 글쎄? 아시아 전체를 보아도 일본의 도쿄 정도나 그런 것 같은데?

　문제는 분점이라 하더라도 어느 정도 비용으로 어떤 박물관이 가능할지가 중요하다. 루브르박물관은 세계 1~2위 박물관의 명성만큼 이름값도 비싸서, 아부다비에서는 30년간 이름값과 작품을 빌리는 데만 1조 5000억 원이 들어갔으니 말이지. 이 정도 분점은 한국에서는 제1의 도시인 서울도 쉽지 않은 일이다. 더 정확히는 마음먹으면 할 수는 있는데, 여론의 문제가 크다는 의미다. 솔직히 선진국이 된 한국이 이제는 꿈과 상상력이 없어서 못하지 돈이 없어서 못하는 나라는 아니기 때문. 그러나 서울 이외의 도시들은 그 규모부터 작아서 돈부터 문제라 하겠다. 수원, 부산 정도는 가능하려나? 모르겠네.

　결국 루브르급 박물관의 분점은 안양의 크기에 비해 무리라고 여겨진다. 그러니 예를 들어 루브르박물관과 비슷한 급인 영국의 대영박물관, 메트로폴리탄박물관 등도 역시 쉽지가 않다. 그렇다면 지금부터 분점 박물관이 만들어져서 생긴 효과를 실제의 예시를 통해 알아보고, 안양에 맞는 크기의 분점을 찾아보기로 하자.

구겐하임미술관

뉴욕 여행 당시 나는 그 도시에 있는 박물관, 미술관 관람을 최고 목표로 삼았다. 그래서 구겐하임미술관(The Solomon R. Guggenheim Museum) 역시 여행 초기 발 빠르게 방문했다. 메트로폴리탄박물관 바로 옆에 위치한 이곳은 1959년 완성된 나선형 건물의 독특한 이미지로 꽤나 유명하다. 아버지의 미국 유학 시절에 부모님과 이곳을 방문했었는데, 너무 어릴 적이라 구체적 기억은 사라졌으나 건물이 매우 인상적이었는지 그 뒤로 이곳 추억을 되새길 때마다 이상하게 달팽이가 생각나더라. 오죽하면 성장기에는 꿈에도 여러 번 나올 정도였다. 죽어 있는 커다란 달팽이 안으로 들어가니 미술 작품이 잔뜩

구겐하임미술관. ⓒ황윤

걸려 있는 꿈.

막상 다시금 방문해보니, 빙빙 돌면서 그림을 감상하는 구조가 매력적이었다. 한국에서 본 뉴욕 안내 책자에는 엘리베이터를 타고 올라간 뒤 내려오면서 구경할 수 있다고 했는데, 방문해보니까 그렇게 보는 사람은 거의 없었다. 미술관의 전시 구조도 아래부터 위로 올라가며 보는 방식으로 구성되어 있다. 그래서 나 역시 여러 사람들처럼 그냥 나선형을 따라 올라가면서 작품을 쭉 감상한 뒤 꼭대기에서 내려오며 다시 한 번 작품을 감상했다. 삼성이 서울에 만든 미술관 리움(Leeum)도 나선형 전시 구조인데, 이런 스타일의 건물로는 구겐하임미술관이 시조인 듯했다.

위에서 내려다본 구겐하임미술관 내부. 빙글빙글 돌아서 올라가는 건축 디자인이 매력적이다. 물론 소장품 수준이 높기에 건축 디자인도 함께 매력적으로 느껴지는 것이라 하겠다. ©황윤

구겐하임미술관 내부. 영어가 아닌 대화가 많이 들리는 만큼 관람객의 상당수가 외국인으로 보였다. 역시 세계적 미술관일수록 외국인 관람객 비중이 높아짐을 알 수 있다. 참고로 국립중앙박물관의 외국인 관람객 비중은 4% 미만에 불과하다. ©황윤

전시 내용은 인상파보다는 인상파 이후의 미술 세계에 주로 집중하고 있었다. 바로 추상화가 그 주인공이다. 구겐하임미술관에 많은 작품을 기증한 페기 구겐하임(Peggy Guggenheim, 1898~1979)이 수집한 작품이 인상파 이후의 미술사인 다다이즘, 입체주의, 초현실주의, 그리고 추상화였다고 하는군. 물론 인상파 작품도 기증을 받아 어느 정도 충실히 채우기는 했다.

참고로 미술관을 건립한 인물은 솔로몬 구겐하임(Solomon R. Guggenheim, 1861~1949)으로 미국 광산업 사업가의 아들이었다. 그런 그가 미술품 수집에 관심을 크게 가졌는지, 1919년 59세의 나이로 사업 운영에서는 손을 떼고 미술 수집에 인생을 집중한다. 결국 그는 원하는 대로 유럽을 다니며 많은 작품을 수집했고 작품을 보관, 연구, 전시하기 위하여 미술관 건립에 나섰으니 그것이 구겐하임미술관이다. 솔로몬 구겐하임이 죽은 지 10년 정도 지난 후 혁신적인 디자인의 미술관이 완성되어 개관하였기에 미술 수집가로서의 최종 목표였던 꿈은 이루어진 듯하다. "자신의 컬렉션을 모아 미술관을 만들어 대중에 공개하고 사회에 문화를 후원한 명예로운 이름을 도시에 영원히 남긴다." 바로 이것 말이지.

참으로 부럽고 멋진 인생. 솔직히 한국 재벌들도

이런 모습을 배우면 좋겠다. 단순히 할아버지나 아버지가 물려준 회사를 세습하여 경영한다고 명예로운 이름이 남는 것이 아니다. 수십 년 수백 년 후에도 잊히지 않고 그 이름이 언급되려면 대중들에게 무언가 의미 있는 가치를 남겨야 하는 것이다. 이 중에는 사회에 환원한다는 공적인 개념이 들어간 미술관, 박물관이 대표적이라 하겠다. 솔로몬 구겐하임이 바로 그 예다. 그가 단순한 기업가로 인생을 마감했으면 지금까지 그 이름을 아름답게 기억하는 이가 솔직히 몇이나 될까?

한편 미술관을 건립한 솔로몬 구겐하임에게 동생이 있었으니 벤저민 구겐하임이었다. 그러나 벤저민 구겐하임은 1912년, 그 유명한 타이타닉호를 탔다가 배가 침몰하는 바람에 젊은 나이에 죽고 말았다. 이때 벤저민 구겐하임의 재산을 상속한 이 중 하나가 바로 벤저민의 딸 페기 구겐하임으로, 그때 나이가 겨우 14살이었다고 하는군.

어쨌든 페기 구겐하임은 아버지를 잃은 상실감을 채우기 위해 아버지가 남긴 재산으로 미술 수집에 집중하게 되었고, 특히 성인이 된 후 아예 유럽에서 체류하면서 많은 작가와 교류한다. 그 결과 예술을 보는 눈이 높아지고 작품을 고르고 수집하는 능력도 크게 발전하였다. 역시 작품 수집은 동시대 최고의

문화 지역에서 돈을 제대로 질러보아야 수준이 높아
진다. 어찌 되었건 이런 경험을 바탕으로 미국으로
돌아와 1942년 뉴욕에 갤러리를 열어 동시대 유럽
미술을 미국에 선보인다. 당시만 해도 문화, 예술의
중심지는 미국이 아닌 유럽이었기에 페기 구겐하임
이 수집한 수준 높은 작품들은 미국 사회에서 대단
한 이목을 끌었나보다.

페기 구겐하임은 단순히 해외 예술을 미국에 소
개하는 것에 그치지 않았다. 뉴욕에서 활동하는 미
국의 젊은 작가들도 후원하였고, 그녀의 후원은 뉴
욕을 기반으로 추상화가들이 대거 등장하는 계기가
된다. 아직 무명인 데다 추상화라는 대중이 이해하
기 힘든 작품을 그리던 작가들에게 전시 기회를 줌
으로써 그들이 한 단계씩 성장할 수 있도록 만든 것
이다. 그 결과 미국의 추상주의는 전 세계 미술사를
장식할 만한 위대한 예술 사조가 되었고, 미국인들
도 그동안 철저히 유럽에 의존하던 고급문화에서 벗
어나 독립적으로 고급문화를 만들고 즐기는 시대를
열게 된다.

하지만 놀라운 성과와 별개로 대도시 뉴욕에서
연예인처럼 매일 주목되는 자신의 사생활과 뜨거운
반응에 짜증이 났는지 그녀는 다시 유럽으로 향한
다. 열정적으로 개관했던 뉴욕의 갤러리까지 1947년

닫은 후 이탈리아 베네치아로 이주하여 30년을 살다가 죽음을 맞이했다. 이후 그녀가 수집한 작품은 모두 구겐하임미술관에 기증되었고, 생전 화려했던 이슈 덕분인지 미술관을 세운 큰아버지보다 오히려 더 유명한 수집가로서 이름을 남기게 된다.

그런데 구겐하임미술관 이야기를 왜 이리 길게 했냐면. 해당 미술관이 분관을 설치하는 일에 세계에서 가장 적극적인 곳이기 때문이다. 페기 구겐하임이 죽은 후 그녀가 살던 집을 구겐하임미술관 베네치아 분관으로 만들었고, 더 나아가 스페인에도 분관을 세웠다. 게다가 중동의 아부다비에도 분관을 준비 중이며, 2000년대에는 한국에서도 구겐하임미술관 분관을 유치하겠다는 지역이 몇 개 있었을 정도다. 실제로 국내 일부 지방 자치 단체에서는 실무적 검토까지 했다 하니, 구겐하임미술관 쪽과 연결이 있었기는 했나보다. 결국 실패했지만 말이지.

빌바오 효과

　'빌바오 효과(Bilbao effect)'라고 들어본 적이 있는지? 문화 시설 하나로 도시 전체가 경제적·문화적으로 활성화된 효과를 뜻하는데, 빌바오는 인구 34만 명의 스페인 도시 이름이다. 즉, 빌바오에서 거둔 효과를 의미하며, 이것이 워낙 성공하여 유명해졌기에 이러한 현상을 나타내는 하나의 명사처럼 쓰이게 된 것이다. 덕분에 한국에서도 그동안 여러 언론을 통해 참으로 많이 언급되었다. 우리도 배워보자는 의미로 말이지. 개인적으로 구겐하임빌바오미술관(Guggenheim Museum Bilbao)을 아직 가보지 않았지만 이 기회에 더 자세히 한번 알아볼까.

　철강업과 조선업이 발달했던 바스크 지방의 빌바

오는 1980년 이후 도시 주요 산업군의 경쟁력이 무너지면서 침체에 빠지기 시작하였다. 엎친 데 덮친 격으로 스페인으로부터 독립하려는 바스크 분리주의자들의 테러로 도시 치안이 불안해지더니 기업과 일자리가 더욱 빠르게 빠져나갔고, 어느새 도시 실업률이 무려 30%에 이르는 최악의 상황에 직면하게 된다. 이에 시에서는 무너진 도심을 살리기 위해 옛 항구를 시 외곽으로 옮기고 주변을 새롭게 정비하면서 미술관 건립이라는 아이디어를 내놓는다. 예술을 입혀서 도시에 대한 긍정적 이미지와 자존감을 강화시키며, 이를 통해 도시 전체를 쇄신하는 계기로 삼겠다는 것이었다.

이때 빌바오 시민의 반대가 굉장히 심했다고 하는군. 우리에게는 당장의 안정과 일자리가 필요한데, 미술관을 짓는 것이 무슨 의미냐는 것이었다. 하지만 시에서는 이런 반응을 보이는 시민 설득에 적극 나서는 한편 지역 기업인, 언론인, 예술가를 모아 계획을 추진해갔다. 그리고 1991년, 한 미술관과 연결이 되었으니 그곳이 바로 구겐하임미술관이었다. 때마침 구겐하임 재단은 서양 미술의 본거지인 유럽에다 자신들의 전시관을 만들고자 노력 중이었기 때문이다.

구겐하임 재단과 협의를 진행한 결과 다음과 같

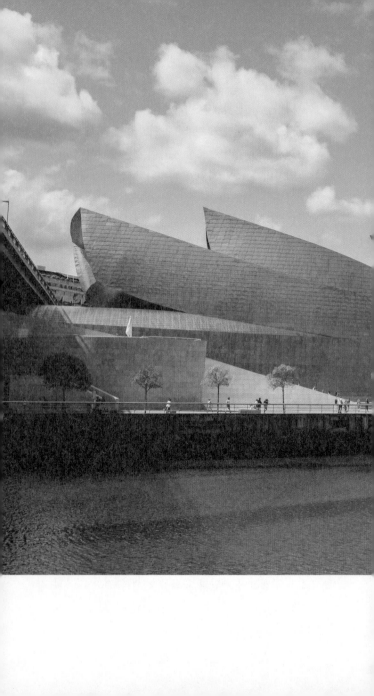

구겐하임빌바오미술관. 뮤지엄 분관으로 세계적으로 가장 유명한 사례이다.

은 안이 도출된다.

1. 항구를 옮기고 미술관 건립을 위해 필요한 1억 달러를 시가 부담하고,
2. 구겐하임 재단에는 계약금 명목으로 2000만 달러를 지불하며,
3. 시에서 미술품 구입에 필요한 비용으로 5000만 달러를 펀드로 모아 후원하겠다.
4. 그리고 매해 예산 1200만 달러를 시가 구겐하임 재단에게 운영비로 지원한다.

그 대신 구겐하임 재단은 빌바오에 지어질 미술관의 전시 작품 교체와 관리를 부담한다. 즉, 구겐하임 재단은 분관을 만들고 운영하는 비용을 빌바오로부터 완전 지원받은 것이니, 일시금은 그렇다 치더라도 매년 시에서 분관에 부담하는 예산이 1200만 달러. 당시로서는 실로 어마어마한 지원이었다.

자, 여기서 우리는 생각해볼 것이 있다. 1990년대 스페인의 한 도시에서는 도시의 발전을 위해 미술관 건립에 나서면서 우리로서는 상상하기 힘든 엄청난 비용의 지원을 약속하였다. 특히 1200만 달러라는 매년 지원하는 운영비는 현재 우리 돈으로 140억 원 정도로 지금도 큰돈인데, 하물며 1990년대 기준으로

는? 그런데 같은 비용으로 문화를 위한다며 쇼핑센터, 놀이동산 등을 짓는다면 매년 들어가는 운영비는 얼마일까? 잘은 모르겠지만 140억 원의 몇 배가 넘을 것은 분명하다. 시에서도 여러 효과를 고민한 결과 이 정도 부담이면 미술관을 운영해도 충분하다는 결론이 나왔을 것이다. 이처럼 빌바오에서는 나름 도시 예산을 기준으로 가능한 범위 내 최대치를 부른 것이고, 구겐하임 재단에서는 적극적인 시의 모습에 감동받아 역시나 적극적으로 호응하였다. 이 기회를 통해 뉴욕을 넘어 유럽에도 영향력을 주는 미술관이 되겠다는 목표가 완수될 수 있으니까.

1991년 말 유명 건축가 프랭크 게리(Frank Gehry, 본명 Frank Owen Goldberg)가 디자인한 화려한 형태의 미술관이 착공되어 1997년 완공되었다. 개장식에는 스페인 국왕이 직접 참석하였고 시민 5000여 명이 행사에 참여하였다. 한때 일부 반대도 심했던 미술관이었으나 완공 시점에는 도시의 축제이자 자랑이 된 것이다. 하지만 그 효과는 도전을 시도한 빌바오조차도 상상하기 힘든 놀라운 결과였으니.

기사에 따르면 구겐하임미술관이 빌바오에 만들어진 후 첫 3년간 무려 400만 명의 관람객이 방문하면서 5억 유로의 경제 활동을 창출하였으며, 이 중 1억 유로는 세금으로 징수되어 미술관 건립에 들어간

돈을 불과 3년 만에 채웠다고 한다. 첫 시작이 좋았던 만큼 이후로도 매년 평균 100만 명의 관람객이 모이는 관광 중심지가 된 구겐하임빌바오미술관.

한번 계산을 해보자. 구겐하임빌바오미술관의 입장료가 13유로니까. 약 1만 8000원 x 100만 = 180억 원. 여기다 구겐하임 본사에 운영비로 주는 돈이 140억 원이니. 매년 40억 원씩 남는 거네? 게다가 미술관 내 레스토랑, 뮤지엄 숍 등의 굿즈 판매 실적은 모르니까 매출에서 계산하지 않았지만, 이 정도 방문객 규모라면 최소한 흑자는 나고 있을 테니. 이처럼 놀랍게도 도시에 주는 직간접 영향력을 제외한 채 미술관 하나만 보아도 독자 생존이 가능한 상황인 것이다. 특히 외국 관람객이 80%에 육박할 정도로 세계적인 미술관이 되었다는 점도 대단한 효과이다. 인구 34만의 작은 도시인 빌바오가 세계적으로도 유명한 도시가 되었다는 의미니까.

그래서인지 현재의 빌바오는 관광과 함께 세계적 금융 도시가 되어 운영되고 있다 하는군. 본래 금융이 강했지만 세계적인 미술관이 지역에 만들어지면서 그 효과가 더욱 높아졌다고 한다. 사실상 미술관을 통해 도시 내 고급 이미지가 갖춰진 것이다.

그렇다면 이 정도 성공을 빌바오 시에서는 처음부터 예측한 것이려나? 글쎄.

피카소의 〈게르니카〉

솔직히 이 정도까지의 성공은 처음 계획할 당시
만 해도 기대하지 않았을지도 모르겠다. 본래 빌바
오에서 구겐하임미술관의 분점을 만드는 것은 주인
공이 될 단 하나의 작품을 위한 배경이었으니까. 다
시 시간을 돌려 1991년으로 가자.

당시 빌바오 시장은 기자들 앞에서 구겐하임미술
관의 유치와 함께 놀라운 약속을 하나 더 하고 있었
다. 스페인에서 태어난 세계적인 예술가이자 큐비즘
이라는 하나의 미술 사조를 만들어내어 가히 한 시
대를 풍미했던 놀라운 인물, 피카소(Pablo Picasso,
1881~1973). 그 피카소의 대표 작품인 〈게르니카
(Guernica)〉를 빌바오에 가져와 걸겠다고 선언한 것

피카소 〈게르니카〉. 피카소를 대표하는 최고 작품.

이다. 즉, 새로운 미술관의 주인공은 다름 아닌 피카소의 〈게르니카〉라는 의미였다.

〈게르니카〉. 776.6×349.3cm의 어마어마한 크기를 자랑하는 이 그림은 1937년 피카소가 전성기 시절 그린 그의 생애 최고 대표작이다. 제2차 세계 대전이 발발하기 불과 2년 전, 바스크 지방의 작은 마을 게르니카에 어마어마한 살육이 벌어졌다. 마침 시장이 열려 모여 있던 민간인 중 무려 1500명 이상이 나치 독일의 폭격으로 죽음을 맞이했고, 피카소는 이 소식을 듣고 크게 분개한다. 나치 독일은 스페인 내전 중 프랑코(Francisco Franco, 1892~1975)를 지원하기 위하여 프랑코 반대파가 모여 있던 게르니카에 이렇게 엄청난 사건을 저질렀던 것이다.

바로 그 사건을 세계에 고발하고자 그려진 그림이라 큰 화면에 울분과 분노가 가득 담겨 있다. 그러나 피카소가 독재자인 프랑코가 지배하는 스페인에는 도저히 이 그림을 걸 수 없다고 하였기에 그 대신 뉴욕현대미술관(MoMA)에서 보관, 전시하게 된다. 피카소는 스페인이 민주주의 정치가 회복될 때 〈게르니카〉를 돌려주라는 조건으로 미국에 그림을 맡긴 것이다. 그 역시 53세이던 1934년을 마지막으로 고향인 스페인을 죽을 때까지 방문하지 않았다.

하지만 피카소가 죽을 때까지도 여전히 끄떡없어

보이던 독재자 프랑코가 죽자 분위기가 반전된다. 프랑코가 죽고 불과 2년 만에 스페인은 민주적 입헌 군주제로 국가 체제를 바꾸게 된 것이다. 이에 1981년, 피카소의 유언대로 뉴욕의 MoMA에서는 그림을 스페인 정부에 인도했다. 처음에는 마드리드의 프라도미술관에 〈게르니카〉가 소장되었다가, 1992년부터는 마드리드의 레이나소피아국립미술관(Museo Nacional Centro de Arte Reina Sofía, 국립소피아왕비예술센터)으로 이관하여 전시하고 있다.

그런데 이 작품을 왜 빌바오 시장은 가지고 오겠다고 했을까? 피카소가 그린 〈게르니카〉의 배경이 되는 마을이 바로 빌바오 근처 30km 거리에 위치하고 있으며, 이곳 역시 바스크 지방에 포함된다. 게다가 바스크 지방의 중심 도시가 빌바오이다. 즉, 자신들의 지역에 있었던 대표적 사건을 피카소가 그림으로 그린 만큼 이를 받아와 전시하여 경제가 침체하여 힘든 바스크 지방과 빌바오 시 모두에게 애향심을 고취시키겠다는 목표가 있었던 것이다. 물론 근현대 예술가 중 다섯 손가락에 꼽힐 정도로 유명한 피카소의 인생 최고 작품을 전시함으로써 늘어날 관광객 역시 계산한 주장이었다.

결국 피카소의 〈게르니카〉 하나를 모셔오기 위해 이렇게 어머어마한 프로젝트를 가동한 것인데, 웬걸! 스페인 정부는 결코 허락하지 않았다. 〈게르니카〉 전시로 인해 안 그래도 독립 주장이 강한 바스크 지방의 독립 성향이 더욱 강해지면 안 되기 때문이었다. 그림 하나의 힘이 이렇게 대단한가보다. 물론 표면적으로는 〈게르니카〉의 작품 상태가 좋지 못하여 먼 곳으로 옮기기 쉽지 않다는 평계를 댔지만 말이지. 오죽하면 빌바오에서 특별 전시로 잠시 작품을 빌려달라는 요청까지 묵살 중일 정도다. 과연 같은 나라 내 행정인지 의문이 들 정도.

어찌 되었건 이처럼 다른 목적으로 만들어진 구겐하임미술관 분관이었으나 흥행은 대성공을 거두었으니 역시나 운이 있었던 것이려나? 뭐. 운도 있겠지만 마침 미국 미술에 대한 관심이 유럽에도 커질 때 이 미술관이 건립된 것도 흥행의 좋은 이유였다. 미국은 20세기 초반부터 추상주의를 시작으로 팝 아트 등 현대 미술을 끌고 가는 나라 중 하나가 되었지만, 여전히 유럽에서는 전통적인 감각으로 미국 예술을 높게 평가하지 않았다. 그런 미국 예술이었지만 유럽 시장에서의 오랜 도전과 실패 끝에 2000년대 전후로 점차 평과 관심이 높아지는 중이었다. 대중들의 평이나 관심과는 별도로, 한때 유럽 태생인 인상파 정도만 가능했던 1000억 원을 넘는 작품이 어느덧 미국을 기반으로 한 추상주의 작품과 팝 아트 작품에도 나오고 있을 정도니까.

이렇게 미국 미술에 대한 유럽의 관심이 커질 때 때마침 미국 미술을 주로 보여주는 구겐하임미술관 분관이 화려한 건축물과 함께 스페인에 생기니 방문객이 늘 수밖에 없었고, 그 결과 도시 스토리텔링과 결합하며 폭발적인 흥행 성과를 이룩했던 것이다. 마찬가지로 구겐하임미술관 역시 그동안 노력했던 유럽 진출을 성공적으로 이룩하면서 큰 자신감을 얻을 수 있었다.

자. 이것을 볼 때 알 수 있는 부분이 있다. 아무리 분관일지라도 우리 지역, 더 나아가 우리나라, 그리고 주변 국가 사이에서도 보기 힘든 내용을 담아야 흥행 가능성이 더욱 높아진다는 것이다. 본래 빌바오의 목표는 피카소의 〈게르니카〉를 중심으로 한 미술관을 만드는 것이었다. 이는 모네의 〈수련〉을 주인공으로 삼은 오랑주리미술관 예처럼 자국 대가의 대표 작품으로 안정성과 흥행을 모두 잡으려는 기획이었다. 비록 본래 목표에는 실패했지만 그 대신 유럽에서 그동안 보기 드물었던 미국 현대 미술을 제대로 보여주자는 기획을 통해 흥행을 이룩했으니 말이지.

이처럼 단순히 유명 박물관 또는 미술관의 분관을 가져오겠다는 의도 외에 우리에게 부족한 부분이 무엇인지 고민하는 자세가 필요하다 하겠다. 다만 한국의 구겐하임미술관 분관 도전은 첫 단추인 돈 문제부터 실패했다고 하더군. 미술관 측에서 2000년 중반에 이미 3억 달러를 요구했다고 하니까. 구겐하임미술관이 스페인을 통해 크게 성공한 터라 몸값이 크게 높아졌기 때문이라 하겠다.

그러나 구겐하임미술관도 매번 성공만 하는 것은 아니었다. 과거에 페기 구겐하임이 영국에 세운 갤러리가 실패한 적도 있고, 독일 베를린에 세운 분관도 1997년 개관하였으나 2012년 결국 폐관되었다. 핀란드에 세우기로 한 분관은 미술관 건설비 8000만 달러의 부담을 헬싱키에서 하겠다고 했으나 시민들의 반대로 2016년 무산된다. 문화적 자존심이 강한 유럽에 미국 미술을 보여준다는 것이 결코 쉬운 일은 아닌가보다.

하긴 인상파도 한때는 그랬지. 프랑스에서 발생한 인상파 그림을 후발 주자인 독일, 미국, 일본은 동시점부터 엄청난 열기를 보이며 수집했으나 동시대 프랑스보다 경제, 문화에 있어 위에 있다고 자부했던 영국에서는 가격이 충분히 오른 후 뒤늦게야 반응이 왔다고 하니까. 그래서 영국은 세계 모든 예술품을 풍족하게, 더 정확히는 넘치도록 가지고 있는데, 유독 인상파 하나만은 주변국에 비해 조금 부족해 보인다. 또 딴 길로 이야기가 샜군.

미국 팝 아트 작가 제프 쿤스(Jeff Koons)가 뉴욕에 선보인 작품. 세계적인 작품을 볼 수 있는 뮤지엄 환경이 세계적 예술가들이 모이는 도시를 만들고 더 나아가 현대 미술에서 손꼽히는 도시로 성장하는 밑거름이 된다. 이때 비로소 도시와 예술이 조화롭게 하나가 될 수 있는 것이다. 앞으로 한국의 도시들이 목표로 삼을 내용이기도 하다.

MUSEUM

9
보스턴미술관

밀레 전시회

2015년 한국 소마미술관에서 밀레 전시회가 있었다. 나는 큰 기대를 하지 않고 방문했는데, 이거 웬걸. 수준이 꽤 높은 것이 아닌가? 한국에서는 자주 만나기 힘든 스토리텔링이 잘 들어간 질 높은 서양 미술 전시였다.

밀레(Jean-François Millet, 1814~1875)는 〈만종〉, 〈이삭 줍는 사람들〉 등으로 유명한 프랑스 화가로, 전통 회화에서 근대 회화로 넘어가는 시기에 많은 도전과 실패를 통해 대가로 성장하면서 후배 작가들에게 큰 영향을 미친 인물이다. 특히 그는 농민을 주로 그림의 소재로 삼았는데, 우리에게는 익숙한 큰 화면에 그려진 농민의 모습을 당시에는 이상하게 보았다고 하는군. 그 이유는 그림의 주인공은 역사나 신화에 나오는 영웅만이 가능한데 일개 농민을 주인공으로 삼은 것을 의아하게 생각했기 때문이다. 이에 작가가 다른 의도를 지니고 그린 것이 아닌지 의심했다고 한다.

이러한 회화에 대한 보수적 의식은 프랑스의 아카데미 정책과 연관이 깊었다. 17세기 중반 왕립 미술 아카데미가 설립된 후 이 기관은 왕실과 귀족에게 필요한 회화 공급 및 살롱에서의 전시에 큰 영향력을 지닌 거대 예술 통제 시스템으로 발전한다. 이에 소질이 있는 젊은이들은 엄청난 경쟁을 뚫고 아카데미에 들어가 엄격하고 보수적인 미학에 따라 그림을 그려야만 교수들의 추천을 받을 수 있었고 성공한 작가로서 살아갈 수 있게 된다.

그래서 회화 주제마저 엄격한 서열이 있었다. '1등은 역사화, 2등은 초상화, 3등은 정물화, 4등은 풍경화'였던 것이다. 이유는 다음과 같다. 위대하고 덕망 높은 영웅들의 역사를 그렸던 르네상스의 화가들, 바로 다빈치나 미켈란젤로, 라파엘로처럼 위대한 이의 숭고한 삶을 그림으로 표현할 때만이 도덕적인 예술이 되살아난다고 보았기 때문이다. 그와 비교되어 단지 자연의 아름다움을 작가의 한낱 손재주를 통해 표현하는 정물화, 풍경화는 저급한 장식

품일 뿐이었다. 이런 관점이었기에 아카데미 회원이 되기 위한 최종 심사를 통과하려는 학생들은 로마로 유학을 가서 르네상스의 기초가 되는 고대 그리스-로마 조각 등을 바탕으로 회화를 부단히 연습해야 했으며, 그 결과물로 역사화 한 점을 그려 제출해야 만 했다.

이 시스템은 파리에서 펼쳐지는 미술 살롱에서도 이어졌는데, 역사나 역사화를 으뜸으로 삼았다. 프랑스 혁명으로 한 번 세상이 제대로 엎어졌음에도 여전히 살롱 시스템은 공고하게 남아 있었던 것이다. 바로 이때 아카데미의 기준을 거부할 뿐만 아니라 그리스-로마 조각을 끝없이 모사하여 연습하는 것 역시 중요하지 않다고 생각하는 화가들이 나타난다. 이들은 아카데미에서 가장 천하게 여기던 풍경화를 그렸고, 인간이 지닌 상상력과 자연의 아름다움을 표현하고자 했다. 바로 그 화가들 중 한 명이 밀레였으며, 그는 풍경화에 그치지 않고 더 나아가 인물화를 그리되 아예 주인공을 농민으로 삼는 혁명적인 회화를 선보였던 것이다.

영웅이 아닌 일반 대중이 주인공이 된 밀레의 그림에 충격을 받은 사람들은 그를 비난하기도 하였다. 또 다른 일부는 산업혁명 시대를 맞이하여 일자리를 찾아 농업을 버리고 도시로 이주하는 농민 모

밀레 〈씨 뿌리는 사람〉. 보스턴박물관 소장. 일본의 야마나시현립미술
관도 거의 같은 형태의 〈씨 뿌리는 사람〉을 소장 중이다.

습과 반대되게 농사일을 하는 농부를 주인공을 삼은 밀레가 오히려 보수적 사고를 보인 것이라 비판하기도 하였다. 작가의 의도와 상관없이 작품에 정치적 의미가 더해져 해석되기에 이른 것이다. 그러나 사람들이 언급하는 만큼 그의 그림과 세계관은 갈수록 유명해져서 말년에는 대가로 인정받게 되었으니….

바로 이 복잡한 내용을 스토리텔링으로 집약한 전시라 아주 마음에 들었다. 프랑스에서 소장 중인 〈만종〉(1859), 〈이삭 줍는 사람들〉(1857) 등은 출품되지 않았지만, 그 대신 〈씨 뿌리는 사람〉(1850)을 볼 수 있어 감사했다. 101.6x82.6cm의 거대한 캔버스에 그려진, 농부가 아주 힘 있게 씨를 뿌리는 모습에서 마치 위대한 역사 속 영웅 같은 숭고함이 느껴지기도 했다. 이 커다란 그림을 보고 있으니 '역사나 당대 사람들이 밀레의 의도를 의심할 만했구나' 하는 생각이 들더군. 밀레는 이렇게 아카데미에서 탈피한 그림을 대중의 지지를 통해 성공시키면서 후에 비슷한 사상을 지닌 인상파에도 큰 영향을 주게 된다.

그런데 만족한 감상을 끝내고 도록을 사서 보니, 미국의 보스턴미술관에서 자신들이 소장하고 있는 밀레 작품들로만 전시회를 꾸민 것이라는 것이 아닌가? 또한 같은 전시회로 이미 미국과 일본을 순회하

면서 무려 100만 명이 관람하고 한국에 온 거라 하
네. 이럴 수가. 밀레 전시회라는 완성도 높은 전시는
미국 미술관의 실력을 다시 한 번 깨닫게 되는 중요
한 계기가 되었다. 또한 개인적으로는 보스턴을 꼭
가봐야겠다는 결심도 하게 된다.

보스턴미술관 그리고 나고야 분관

보스턴. 미국에서 가장 오래된 도시이자 미국 최
초의 대학교 하버드가 있으며, 미국에서 두 번째로
오래된 박물관인 보스턴미술관이 있는 곳이기도 하
다. 뉴욕 여행 전 미리 버스 예약을 해두었는데, 새벽
에 뉴욕에서 출발하는 아주 불편한 버스 자리에 앉
아 자면서 보스턴에 도착하니 무려 4시간이 흘렀더
군. 도착한 시간은 오전 11시쯤이고 뉴욕으로 돌아
가는 버스가 오후 5시 30분에 있어서 6시간 정도 구
경할 수 있었다. 게다가 도시 풍경을 감상하며 보스
턴미술관까지 걸어서 가는 데 1시간이 걸리고 해서,
실제 보스턴미술관을 구경한 시간은 식사 시간 포함
겨우 4시간 정도였다. 즉, 왕복 8시간 넘게 버스를 타

고 4시간 미술관 구경을 했던 것이다. 덕분에 뉴욕 여행 때 역시나 버스로 방문했던 필라델피아미술관보다 훨씬 힘들었던 것으로 기억한다. 물론 여행 초반에 필라델피아미술관을 갔고 후반에 보스턴미술관을 가서 체력 차이가 느껴져 그런 것일 수도 있다.

도착해보니 보스턴미술관은 규모가 예상외로 상당했다. 1870년 건립된 미술관에는 서양 미술, 미국 미술, 이집트, 동양 미술, 현대 미술 등이 각기 배치되어 있었고, 미국 내 최고라 하는 뉴욕의 메트로폴리탄박물관과 비교해도 질과 양 모두 경쟁이 될 수준이었다. 대충 볼 때 전시된 소장품 규모는 메트로폴리탄박물관의 70% 정도? 특히 서양 미술과 이집트 부분은 대단한 실력을 뽐냈으며, 그중에서도 인상파는 엄지손가락이 올라갈 정도였다.

무엇보다 모네의 작품이 모여 있는 '모네의 방', 이곳은 너무 감격적이라 글로써 묘사가 불가능. 프랑스를 제외하고 세계 3위 안에 들어가는 '모네의 방'이 아닐까? 만일 이 정도 전시관이 한국의 서울이나 부산에 있다면 어땠을까 하는 부러움마저 생길 정도였으니. 겨우 69만 인구의 도시에는 과분할 정도의 규모를 지닌 미술관처럼 보였다. 실제로도 인상파 전시실과 식당을 제외하면 관람객이 잘 눈에 안 띌 정도라 크기에 비해 매우 널널한 장소였다.

이처럼 인구 기반이 약한 도시라 그런지 요즘 보스턴미술관은 운영비가 모자라서 돈과 관련한 영업이면 굉장히 적극적으로 나서는 중이라 한다. 오죽하면 카지노 호텔에 모네의 그림을 대여했을 정도라 하니까. 그래서 비난도 받고.

어쨌든 그럼에도 불구하고 이 정도 콘텐츠가 있기에 밀레 전시회 같은 기획도 할 수 있었던 것이다. 그 외에도 이집트, 인상파, 세계 도자기 전시회도 가능해 보였다. 한 박물관 내 전시품으로 다양한 이야기 구성이 가능해 보였다는 의미. 그런데 보스턴미술관은 한때 일본 나고야에 분관이 있었다. 즉, 자신들의 콘텐츠를 충분히 활용하여 전시회를 연 다음, 그 전시 그대로 다른 장소에서도 전시회를 열 수 있었다.

일본을 그리 자주 가면서도 나고야는 인생에 단한 번 가보았는데, 이유는 여행 시 목표로 하는 박물관, 미술관, 고미술 상점 등이 타 지역에 비해 크게 부족하기 때문이다. 같은 비용이면 도쿄, 오사카, 후쿠오카를 가는 것이 나을 정도. 물론 비행기표도 나고야가 앞에 언급한 일본 도시들보다 비싸다. 볼 것이 부족하여 관광객이 많이 가지 않으니 그런 거겠지. 그런데 어쩌다 보니 일본 도야마(富山)에서 개최하는 카이로 국립박물관의 '황금의 파라오와 대피라미드 전'을 보기 위해 그나마 가까운 도시인 나고야를 방문하게 되었다. 그래서 가는 김에 보스턴미술관 나고야 분관까지 쭉 구경했던 것으로 기억한다. 그렇다면 나고야 분관은 어땠을까?

역 광장을 나와 바로 앞에 위치한 건물에 나고야 보스턴미술관(名古屋ボストン美術館)이라 되어 있어 들어가 보니, 에스컬레이터로 올라가면 3~5층의 전시장으로 연결되는 방식이었으며 건물 내 중간중간 보스턴미술관 건축 디자인을 모방하여 장식된 부분도 보였다. 본관과의 연결 고리를 이렇게 구성했던 것이다. 다만 내가 방문했을 때의 전시 내용은 보스턴미술관 소장품의 일본 미술로, 재미 부분에서 그냥 그랬다. 하지만 휴식 공간에 그동안 개최한 전시 도록이 있어 살펴보니 꽤 다양한 전시가 개최되기는 했었군.

살펴본 과거 전시 내용은 인상파, 미국 미술, 마티스와 피카소, 일본 미술, 이집트, 중국 고미술 등등. 다만 이 중에서도 인상파를 그나마 자주 전시하는 편이었고, 그다음은 인상파와 비슷한 개최 숫자로 일본 미술이었다. 보스턴미술관이 중세 일본 미술품을 특히 많이 소장하고 있어 그런 듯하다. 나머지 전시들은 도록이 보이기에 기억에 담았다.

본래 전시에 그리 큰 기대를 하지 않고 분관의 형

태가 궁금하여 방문하였기에 불만은 별로 없었다.
그런데 밖으로 나오니 마침 보스턴미술관 분관 바로
길 건너 한국어 학원이 보였다. 이에 궁금하여 슬쩍
들어가 보니 정말 한국어만 교육하는 학원이 아닌
가? 들어가서 "죄송합니다. 한국인입니다만" 하고
인사를 하니 일본인 학원 관계자들이 반갑게 맞아주
었다. 그래서 학원과 한국에 대한 이야기로 시작하
다가 보스턴미술관에 대한 이야기로 넘어갔다. 그
과정에서 흥미로운 정보를 얻게 된다.

분관 경영의 어려움

"아, 보스턴미술관이 곧 폐관한다고요?"

"네. 2018년 폐관할 예정입니다."

"어째서 그렇게?"

"그동안 적자가 쌓였다고 합니다. 아무래도 전시가 흥행하지 못하다 보니···."

"많이 아쉽겠습니다."

"다른 미술관에서 전시를 볼 수 있으니까 괜찮습니다."

대화는 대충 이런 내용이었다. 보스턴미술관 나고야 분관이 적자로 문을 닫는다니, 그러니까 분관이라고 영원히 운영되는 것은 아닌 것이다. 아, 아니,

오히려 분관이니까 언제나 쉽게 문을 닫을 수도 있겠다는 생각이 들었다. 그래서 조사에 들어가 보았다.

보아하니 도쿄, 오사카와 함께 일본 3대 도시라고는 해도 두 도시에 비해 문화적 기반이 부족했던 나고야 측은 1991년부터 미국에서 유명한 보스턴미술관의 분관을 유치하기 위한 준비에 들어갔다고 한다. 그리고 나고야의 여러 기업들이 돈을 지원하여 재단이 만들어졌으며, 1995년 드디어 보스턴미술관과 계약이 체결되었다. 곧이어 미술관 건물을 짓기 시작해 1998년 완공했으며, 1999년부터 보스턴미술관 분관이 운영된다.

문제는 20년간 장기 운영 계약을 맺었는데, 계약 당시 나고야 측에서 전시품을 고를 수 있는 권리를 넣지 못했으며, 게다가 보스턴미술관의 소장품과 다른 미술품을 함께 전시할 수 없게 계약하였다. 결국 제대로 된 규모 있는 기획전을 꾸미기가 쉽지 않았고, 오직 보스턴미술관 소장품만으로 보스턴미술관이 기획한 전시만 가져올 수 있었다.

문제는 보스턴미술관이 미국 2위권의 대단한 전시관이기는 하나, 단 하나의 미술관 소장품으로 보여줄 수 있는 전시의 수준은 한계가 있었다는 점. 가장 잘 구성되어 있는 인상파, 밀레, 일본 소장품, 미국 미술 정도는 독자적으로 수준 있는 전시를 꾸밀 수 있었지만, 해당 전시만을 계속할 수는 없는 노릇이다. 특히 인상파는 보스턴미술관에서도 큰 수요가 있으며 세계적으로도 특별 전시를 위해 그림을 빌리려는 곳이 많다보니 일본 분관에만 지원할 수가 없었다.

이처럼 일본 측에서는 인상파처럼 가능한 한 흥행하는 전시를 자주 가져오고 싶었겠지만 보스턴미술관의 입장에서는 그럴 수 없는 이유가 분명 있었던 것이고, 관람객들은 이런 분위기를 금방 눈치챘기에 한계에 봉착하게 된다. 즉, 인상파 전시가 있을 때는 사람이 몰라나 그 밖의 전시에서는 큰 반응이 없었던 것이다. 보스턴미술관이 소장하고 있던 인상파 미술 역량을 최대한 보여준 개관 첫해에는 한 해 관람객 70만 명이 넘을 정도로 흥행에 성공했으나, 그 뒤로는 연평균 20만 명 정도로 목표한 33만 명을 한참 밑돌게 되고 만다.

쌓이는 적자의 원인은 당연히 '보스턴미술관에게 지원하기로 한 금액 5000만 달러 + 미술관 운영비' 등이었고, 결국 계약된 20년이 마무리되자 나고야 측에서 계약 갱신을 스스로 포기하고 말았다. 보스턴미술관 분관은 인상파 전시로 초기 흥행 몰이 할 때를 제외하고 매년 보통 4~5억 엔씩 적자가 이어졌다고 하는군. 시와 지역 기업에서 돈이 부족할 때마다 지원을 꾸준히 하였기에 그나마 20년 동안 약 34억 엔의 적자로 마감했다고 한다.

특히 일본에서는 세계적인 박물관의 대표적인 기획 전시를 매년 가져와서 개최하고 있기에 관람객들의 눈이 대단히 높은 편이다. 이들을 보스턴미술관 측의 안일한 기획전으로 만족시키기란 쉽지 않았던 것이다. 여기서 우리는 또 다른 중요한 포인트를 알 수 있게 된다. 아무리 뛰어난 콘텐츠를 지닌 박물관의 분관이라 할지라도 다른 전시에 비해 경쟁력이 떨어지고 반복되는 콘텐츠가 이어진다면 경영의 한계에 봉착하고 만다는 점. 바로 그것이다.

그럼에도 필요한 분관

　자. 이렇게 세 개의 분관을 살펴보았다. 문화 기반
이 부족한 상태에서 아랍에미리트가 큰돈을 제대로
지불하여 만든 루브르아부다비(Louvre Abu Dhabi)
와 '빌바오 효과' 라는 용어를 탄생시킬 정도로 결과
물이 좋았던 구겐하임빌바오미술관(Guggenheim
Museum Bilbao), 인상파 전시로 시작 분위기는 무척
좋았으나 모체인 보스턴미술관의 비협조와 콘텐츠
한계로 흥행 실패를 경험한 나고야보스턴미술관
(Nagoya/Boston Museum of Fine Arts) 등이다. 이처
럼 분관은 유치한다고 끝이 아니고 유치 후에도 모
체 기관과 유기적인 관계를 유지하며 우리 지역에
부족한 예술 분야를 채워주어야 성공 확률이 높아짐

을 알 수 있다.

이 중 구겐하임빌바오미술관은 서양 전통 미술, 이집트, 그리스, 동양 미술 등 많은 문화적 기반을 이미 갖추고 있는 유럽에서 그나마 부족했던 '미국' 현대 예술을 제대로 선보임으로써 성공할 수 있었다. 물론 도시의 스토리텔링, 즉 무너지는 도시를 예술로 되살렸다는 이야기도 중요한 콘텐츠라 할 수 있다. 반면 세계적인 수준의 미술 전시회가 매번 개최되는 일본에서는 보스턴미술관 하나만의 콘텐츠로는 비교 우위에 있기 힘들었고, 그 결과 가면 갈수록 적자가 쌓이면서 실패를 경험하게 된다.

그렇다면 안양, 더 나아가 한국에 부족한 부분은 무엇일까? 글쎄. 생각해보니, 한국은 국내 예술을 제외하고는 전반적인 미술 분야 콘텐츠가 부족해 보이는군. 오죽하면 전국적으로 살펴보아도 인상파, 이집트, 그리스, 중국 고미술 등 세계적인 예술을 제대로 볼 수 있는 공간이 거의 없다. 그나마 미국 현대 미술이나 세계 현대 미술은 부족한 상황에서도 약간의 토대는 갖춰지고 있다. 슬슬 등장한 한국의 자본가들이 현대 미술 수집에 집중하고 있기 때문이다.

즉, 한국은 유럽처럼 수많은 세계적 문화 콘텐츠가 있는 것도 아니고 일본처럼 세계적인 미술 전시회가 개최되는 일도 드물다. 그런 면에서 스페인이

나 일본보다 오히려 아랍에미리트의 루브르아부다
비 유치 때와 유사한 분위기인 것이다. 문화적 토대
가 빈약한 상태에서 문화적 역량이 세계적인 해외
기관을 유치하여 먼저 선보인 후, 전시에 필요한 작
품을 자체적으로도 수집하며 서서히 역량을 갖춰가
는 방식이 그것이다.

우리에게 필요한 모델

자. 처음으로 돌아가서 안양이 지닌 자본 능력과 크기로는 인상파 미술관은 힘들고 이집트 박물관 유치가 흥행성에서 가능성이 있다고 판단된다. 이는 서울과 부산 같은 거대 도시를 제외한 안양과 규모가 엇비슷한 국내 대부분의 도시들도 마찬가지라고 할 것이다. 그뿐만 아니라 나고야의 보스턴미술관 분관 예를 보면 알겠지만 인상파로 분관을 두고 상설 전시하는 것 역시 거의 불가능하다. 인상파 작품이 안 그래도 비싸고 귀한 만큼 빌려주고 받기가 쉽지 않기 때문이다. 그렇다면 분관 역시 상세한 조사 이전에 잠시 가져보았던 여러 욕심을 과감히 버리고 심플하게 하나의 주제를 부각시키는 데 집중하도록

하자.

즉, 이집트 유물을 많이 갖추고 있는 세계적 박물관과 연결하여 이집트 박물관을 국내에 유치하고, 더불어 그 내용을 우선 교육적인 스토리텔링으로 구축한다. 이를 통해 교육열이 남다른 한국에서 초·중·고교와 연결되는 프로그램을 개발하여 박물관 수익으로 독자 생존이 가능한 구조를 만든다. 특히 좋은 학군과 교육의 도시라는 명칭을 지닌 안양이니, 이곳에서 직접 체험 교육 방식으로 이집트 박물관 시스템을 안착시키면 주변 도시에서도 그와 비슷한 체험 교육을 받기 위해 안양 이집트 박물관을 방문하게 될 것이다. 안양의 평촌 학원가는 안양뿐만 아니라 군포, 의왕, 광명, 과천, 수원 등지의 학생들도 모이는 장소로 유명하니까. 교육 시스템 확장으로 홍보하면 평촌 학원가가 받아들이는 것과 비슷한 규모의 학생 시장을 박물관으로 끌고 올 수 있다. 이런 식으로 규모 면에서 충분한 성장을 이룬 다음에는 전국적으로 박물관을 홍보하여 전국의 초·중·고교에서 한 번씩은 들르도록 만드는 것이다. 지방에서는 서울 수학 여행하는 김에 들르게 하고 수도권은 하루 날 잡아 들를 수 있게 만들면 된다.

이처럼 분관의 흥행성을 바탕으로 시민을 충분히 설득할 수 있게 되면, 안양에서는 시청을 옮기고 남은 5207억 원 예산과 기업의 후원을 바탕으로 자체 이집트 유물을 수집한다. 그리고 해외 이집트 박물관 분관에 시가 수집한 유물을 함께 전시함으로써 어떤 작품이 더 필요할지, 관람객에게 어떤 반응이 있는지, 더 나아가 이집트 유물을 수집·전시·연구하는 전반적인 과정 자체를 하나씩 하나씩 배운다. 그렇게 쌓은 경험을 바탕으로, 분관이 10~20년 기간을 채우고 설사 나가더라도 자체 수집된 이집트 전시실을 가지고 독자적 생존을 이어간다.

바로 이런 계획을 짜보는 것이다. 결국 우리가 할 수 있는 분야에 최대한 집중하여 그 분야를 제대로 살릴 수 있는 방식으로 분관을 유치하는 것이 필요할 듯하다. 이처럼 문화적 콘텐츠가 부족한 상황에서는 한 분야에서 적어도 아시아 최고 수준을 구축하는 데 분관이 중요한 다리 역할을 할 수 있기 때문이다. 이제 시뮬레이션은 여기까지 돌려보고 더 필요한 연구는 각자 더 해보기로 하자.

MUSEUM

10
상상을 해봐야지

이집트 박물관 유치 15여 년 과정

시뮬레이션으로 계획은 다 잡았으니 이제 완성된 모습을 상상해보기로 하겠다. 이집트 박물관을 유치한 후 어떤 모습이 될지 한번 그려보자.

202X년 안양시에서는 안양시청을 평촌에서 구도심으로 옮기고 새 청사에 시민 친화적인 공간을 만들며, 더불어 관광객 유치를 위해 해외 유수 박물관의 분관을 유치하겠다는 발표를 한다.

202X년 안양시는 여러 안을 살펴본 결과 국내 최초이자 아시아 최초로 이집트 박물관을 유치하기로 하였으며, 이를 위해 독일의 유명 A박물관과 협력하기로 발표한다. 독일 A박물관은 계약 조건이 좋을 뿐 아니라 이집트 분야에서 손에 꼽히는 세계적 박

물관이기도 했다.

202X년 안양시는 새 청사를 건축하기 시작했고, 독일 A박물관과의 협력을 위해 인력을 독일로 파견한다. 또한 시청 내 이집트 고미술학 부서를 만들고 인원을 모집한다. 예상외로 국내 이집트학 전공자의 참여가 많았다고 전한다. 또한 안양시 기금 및 안양 내 기업 후원으로 우선 300억 원을 모아 박물관 오픈 전 3년에 걸쳐 일부 이집트 유물을 수집하기로 한다.

203X년 새 청사가 거의 만들어졌다. 본래 아이디어는 청사 가장 위층에 전망대 겸 박물관을 만드는 것이었으나, 외부 평가 결과 만일 박물관 방문객이 10만 명을 넘을 경우 시청 업무실과 구분하여 운영하기에 상당히 복잡한 문제가 발생하는 것으로 나왔다. 그 결과 지하 1~2층을 박물관으로 활용하기로 했으며, 이집트 피라미드의 파라오 지하 궁전 콘셉트로 디자인하였다.

203X년 독일 A박물관의 이집트 유물 400점이 안양에 도착하였다. 이 내용을 국내 언론사에서 대서특필한다. 특히 A박물관이 자랑하는 이집트 유물 B도 국내에서 1년간 전시한다 하여 유명세가 더해진다. 독일 측에서 보낸 이집트 유물은 이집트 역사를 개괄적으로 볼 수 있는 교육형으로 전시가 꾸며질 예정이며 1년마다 주요 유물 교체가 있을 것이라 한다.

카이로 이집트 국립박물관 전시실. 이런 박물관
이 안양에 생긴다고 한번 상상해보자.

203X년 독일 박물관 전문가와 안양 이집트 고미술학 부서가 협력하여 박물관 전시 구성을 최종 마무리하였고, IT와 인공 지능을 이용한 설명 기능 및 교육 시스템을 구비하였다. 또한 안양에서 그동안 자체 수집한 유물 16점도 전시관에 함께 배치하기로 하였다.

203X년 드디어 새 청사가 문을 여는 것과 동시에 이집트 박물관도 오픈하였다. 이와 함께 안양시가 공모한 이집트 박물관 이름이 발표된다. 일개 도시의 시 청사가 새로 만들어졌을 뿐인데, 청사 개관 행사의 참가 인원 중 이집트 대사, 독일 대사, 주한 유럽연합 대사, 독일 A박물관 관장, 독일 A박물관이 위치한 도시의 시장, 한국과 독일의 문화부 장관, 문화부 차관, 교육부 장관, 서울대학교 및 여러 대학의 고고학과 교수, 국립중앙박물관 관장, 국립경주박물관 관장, 경기도 지사, 한국과 독일 국회의원 등이 안양 시민 2만 명과 모여 장관을 이룬다.

203X년 안양에 이집트 박물관이 오픈할 시점, 뉴욕 크리스티 경매에 출품된 이집트 유물이 역대 최고가를 다시 경신하였다. 그런데 낙찰 이후 놀라운 발표가 나왔다. 안양에서 이를 매입했다는 뉴스였다. 정확히는 국내 한 기업가가 이집트 박물관이 만들어진다는 소식을 듣고 안양에 기증한 거금을 바탕

으로 매입했다는 것이다. 이에 전 세계 뉴스로 안양의 이집트 박물관 소식과 독일 A박물관 협력, 더 나아가 안양이 어떤 도시인지, 한국에 대한 설명 등이 전파된다.

203X년 이집트 박물관 오픈 첫해, 놀랍게도 70만명이 넘는 관람객이 모였다. 오픈 효과를 감안하고도 꽤나 고무적인 결과였다. 특히 한국뿐만 아니라 중국, 일본, 미국, 동남아시아 등 외국인 관람객 비율이 무려 20%에 가까워(18.7%) 지금까지의 국내 박물관, 미술관 중 최고 비율이었다. 이에 그다음 해부터 상설 전시에 이어 특별전도 규모 있게 기획하여 주로 세계 고대사를 보여주는 전시를 선보이게 된다. 첫 특별전은 메소포타미아 전시였다. 역시나 독일 A박물관이 지원을 하였다.

203X년 이집트 박물관이 예상외로 큰 흥행을 하자 널리 뉴스가 되면서 정부로부터 여러 지원이 이어졌다. 우선 평촌과 안양 구도심에서 이집트 박물관이 있는 안양시청까지의 교통 시설 확충을 위한 예산 3000억 원이 투입되었다. 이 외에도 안양 구도심 지하철 1호선의 지하화를 비롯한 이집트 박물관과 전국 학교 교육 시스템 연계 사업 등 여러 예산이 차례차례 집행될 예정이라 한다. 그리고 서울대학교에서는 이집트, 메소포타미아, 고대 그리스 문명을

연구하는 고대 중동 연구소를 안양에 설치하였다. 분위기에 고무된 안양에서는 자체 유물 구입 기금을 2000억 원까지 늘렸으며, 여기에는 안양, 과천 지역의 기업 후원도 컸다고 알려지고 있다. 이로써 박물관의 목표인 수집, 연구, 전시 모든 분야에서 완성도를 높일 수 있게 된다.

203X년 박물관 개관 5년을 기념하고 앞으로 올 2040년대의 발전을 위해 안양시에서 그동안의 행적을 데이터로 발표하였다. 박물관은 첫해 관람객 70만 명을 시작으로 매해 평균 50~60만 명 선에서 유지되고 있으며, 이 중 34.4%는 국내 학교와 연관한 역사 탐방 형식이고 25.5%는 외국인 관람객이라 한다. 여기에다 안양에 관광으로 온 사람들이 소비한 금액이 XXX억 원이며 '박물관 입장료 + 뮤지엄 숍 + 레스토랑 수입' 까지 합치면 박물관 운영에 필요한 금액을 충당하는 액수로 발표되었다. 특히 안양시의 시민 만족도 및 자부심이 크게 높아졌다. 국내에서는 성남, 수원, 고양시보다 여전히 인식이 떨어지나 세계 인식에서는 안양이 세 도시를 훌쩍 넘는 이미지를 갖추고 있다고 한다. 이 또한 아시아 최고 수준의 이집트 박물관 효과로 알려진다.

203X년 독일의 로봇 공학 C기업이 아시아 지부를 한국의 안양에 만들겠다고 전격 발표하였다. 독일 A

박물관이 있는 도시가 기반인 C기업은 세계 3위권 로봇 공학 회사이며, 앞으로 발달할 로봇 공학 사업을 확대하기 위해 아시아 거점을 찾는 중 평촌의 구 시청 부지에 만든 오피스를 선택했다고 한다. 한국의 아시아 지역 위상과 교통과 문화 시설, 서울과의 접근성 및 인천 공항까지의 거리 등을 감안한 결과였다. 이 역시 독일에 안양시가 크게 알려져서 가능한 일이라며 국내 주요 언론사가 독일 언론을 인용하여 대서특필하였다. 이로써 안양시와 독일 A박물관이 있는 도시 간의 협력은 문화, 경제 등으로 더욱 확대된다.

안양 이집트 박물관 성공 후 이야기

이제 이집트 박물관이 안양에 생기고 난 후의 상상에 이어 이집트 박물관에 영향을 받아 국내 여러 도시들이 문화 시설을 만드는 붐에 대한 상상을 이어가기로 하자. 시뮬레이션의 확장.

203X년 영국의 BBC 방송에서 아시아에서 꼭 가봐야 하는 도시 중 하나로 안양이 선정되었다. 특히 이집트 박물관에 대한 이야기가 부각되어 방송의 내용으로 나왔고, 그 외에도 도시에 대한 다양한 정보가 소개되었다. 같은 해 미국의 NBC 방송에서는 세계에서 가장 시민 친화적인 시청으로 안양시청이 소개되었고, 여기서도 한 건물 내 도시 운영과 박물관이 유기적으로 결합된 형태에 놀라움을 표했다.

203X년 안양의 큰 성공에 고무되었는지 국내 다른 도시들도 경쟁적으로 많은 계획을 발표하였다. 우선 서울에서는 구겐하임미술관 분관을 용산에 유치하기로 하였으며, 부산에서는 러시아의 상트페테르부르크에 있는 국립에르미타시미술관과 분관을 협의하여 부산 북항에 유치하기로 하였다. 이 외에도 여러 도시가 자신의 도시 경제력과 형편에 맞게 다양한 미술관 설립을 발표하였다. 특히 이전 박물관, 미술관 건립과 달라진 점은 '세계적인 작가인 누구의 어떤 작품'을 전시하겠다는 것이 건립과 함께 발표되었다는 것이다.

203X년 성남시는 마티스, 피카소, 샤갈, 모딜리아니 등 근현대 작가 작품을 전시하는 미술관 건립에 나섰다. 이를 위해 성남시와 판교의 IT 기업들이 후원한 돈으로 재단을 만들었으며, D게임사는 1500억 원에 낙찰한 피카소 작품을, E포털 회사는 2400억 원에 낙찰한 모딜리아니 작품을 시에 기증하였다. 이렇게 수집된 총 60점의 근현대 작가 작품을 우선 상설 전시로 선보이고, 이후 20~21세기 현대 작가 중 대가를 중심으로 더 많은 회화를 수집할 예정이라 한다.

203X년 국립중앙박물관 2층에 유럽 회화실이 문을 열었다. 이곳에는 중세 유럽 가톨릭 문화를 상징

하는 다양한 유럽 회화 80여 점이 전시되었으며, 이 중에는 라파엘로의 성모 그림이 등장하여 세계적으로 큰 화제가 되었다. 국내 모 기업의 회장이 한국 돈으로 환산하여 3470억 원으로 구입, 국가에 기증한 작품으로 국립중앙박물관은 라파엘로 작품을 소장한 세계적인 박물관 중 하나가 된다. 이번에 라파엘로를 대표로 르네상스 작품부터 루벤스, 렘브란트 등 바로크 작품까지 다양하게 선보인 국립중앙박물관에서는 이외로 앞으로 더 다양한 중세 미술품을 수집할 것이라 발표하였다.

203X년 다양한 세계적 작품들이 한국에 소장되면서 전반적인 전시 수준도 더욱 높아졌다. 눈이 높아진 대중들을 상대로 이전처럼 대충 선별한 해외 미술 전시로는 혹평을 받는 상황이 이어진다. 이에 세계적으로 이름난 전시가 유럽, 미국, 일본을 거쳐 필수적으로 한국을 방문하게 된다.

203X년 그동안 유럽, 미국, 일본에서만 개최되던 이집트의 투탕카멘 전시가 최초로 한국에서 개최되었다. 참고로 국내에서 몇 차례 선보였던 복제품 전시가 아닌 이집트 국립박물관이 소장 중인 진품 전시였다. 개최를 유치하기 위해 여러 지역이 치열하게 경쟁한 결과 안양 이집트 박물관에서 개최하였으며, 6개월간 무려 187만 6214명의 관람객이 방문하

라파엘로 〈그란두카의 성모 마리아〉, 팔라티나미술관 소장.

여 한국 역대 최고 전시 기록을 완벽히 경신하였다.

203X년 문화재청에 따르면 대중들이 인식하는 문화를 즐겼다는 기준이 "영화관에서 영화를 보았다"가 아니라 "미술관에서 작품을 감상했다"로 21세기 이후 통계 역사상 처음 바뀌었다고 한다. 지난해와 마찬가지로 3위는 "공연장에서 공연을 보았다"가 차지했다.

2040년 《뉴욕타임스》에 의하면 세계의 문화 도시로 뉴욕, 런던, 베를린에 이어 서울이 4위에 올랐다. 평가 기준에는 도시의 박물관과 미술관 숫자, 대중들의 문화에 대한 이해, 도시 내 현대 작가 활동, 대중문화 및 예술의 세계 전파력 등 종합적으로 평가하여 도출되었으며 골고루 높은 점수를 받아 서울이 4위에 올랐다고 한다. 당연히 아시아에서는 최고 순위였다.

207X년 2020년생인 대전 출신 예술가 F씨의 회고전이 국립현대미술관에서 열렸다. 회화의 전성시대를 다시 연 세계적인 예술가이자 이미 소더비, 크리스티 경매에서 생존 작가의 작품 가격 2위에 오른 F씨는 홍익대학교 미술대학을 중퇴한 뒤 오직 국내에서 활동을 하며 세계적인 무대에서 큰 호평을 받아 주목되었다. 그는 전시 직전 CNN과의 인터뷰에서 젊은 시절 국내 한 미술관 상설 전시에서 세잔과 마

티스의 작품이 함께 있는 것을 본 경험이 본인 작품 세계의 설계에 큰 영향을 주었다고 하였다. 오죽하면 젊은 혈기에 머리를 제대로 얻어맞은 듯한 충격을 받고, 대학 수업은 빼먹은 채 100일 연속으로 미술관에 방문하며 두 작가의 작품을 하루 종일 감상했다고 한다.

야마나시현립미술관과 밀레

　시뮬레이션으로 해보는 아름다운 상상은 여기에
서 끝내고, 다시 현실로 돌아와서. 개인이 작품을 구
입하여 시(市)에 기증하는 것 외에 시가 직접 거액의
작품을 사는 경우가 혹시 있을까? 안양시가 직접 이
집트 고미술품을 수집한다는 내용에 대해 진지하게
의문을 가지는 독자가 있을지도 모르니 이를 마지막
으로 살펴보기로 하자.

　세계에 워낙 많은 예가 있겠지만, 그중 하나를 골
라본다면 가까운 일본의 야마나시현립미술관(山梨
縣立美術館)이 생각나는군. 미술관이 있는 고후시
(甲府市)는 전국 시대 다이묘인 다케다 신겐(武田信
玄)의 본거지였던 곳으로 현재 인구 18만 명의 작은

도시이다. 방문해보면 한국의 작은 지방 도시와 유사한 분위기가 느껴진다. 후지산이 가까이 보이는 반면 높은 건물은 거의 없고, 공기는 좋고 말이지. 개인적으로는 설악산이 보이는 속초랑 비슷한 느낌? 뭐, 하여튼.

그러나 이런 작은 도시에도 미술관이 있다. 주민들이 모여 활동하는 작은 미술관이 아닌 제대로 형식을 갖춘 규모 있는 미술관이 있는 것이다. 그 이름은 야마나시현립미술관으로 보스턴미술관 설명 때 잠시 언급된 밀레의 작품이 소장되어 있는 곳으로 유명하다. 그것도 단순히 몇 점 있는 것이 아니라 밀레의 대표작이자 보스턴미술관에도 소장 중인 〈씨 뿌리는 사람〉의 동일한 버전을 포함하여 무려 41점의 밀레 작품을 소장하고 있다. 게다가 오르세미술관이 소장하고 있는 〈이삭 줍는 사람들〉의 다른 버전도 이곳에 있으니, 1853년 밀레가 그린 〈이삭 줍는 사람들〉이 그것이다. 이삭을 줍는 세 명의 포즈는 거의 같고 배경만 다른 형태의 그림인데, 이곳에 방문하여 만나면 뜻밖에 놀라운 기분이 들게 만든다. 이런 작은 도시에 오르세미술관에서나 볼 수 있던 밀레의 대표작을 만날 수 있다니 말이지.

밀레 작품들의 수집 과정은 다음과 같다. 대도시에 비해 문화의 불모지였던 이곳에 시민의 문화생활

밀레 〈이삭 줍는 사람들〉. 오르세미술관 소장. 이와 유사한 밀레의 작품을 일본의 작은 도시에 위치한 미술관에서 전시 중이다. 그러나 지금의 한국은 어떠한가?

과 만족을 위한 미술관 건립은 중요한 정치적 이슈가 되었다. 이에 1975년 미술관 건립 사업이 추진되었고, 어떤 컬렉션을 보여주어야 경쟁력을 갖출 수 있을지 고민하게 된다. 인기 좋은 인상파는 규모가 작은 시의 능력상 한계가 있었고 이에 인상파에 영향을 준 작가들, 즉 밀레 및 그와 동시대에 활동하며 풍경화를 그리던 근대 프랑스 작가들의 작품을 수집하기로 정했다. 가격도 인상파에 비해 훨씬 저렴하고, 이를 통해 일본 내 뜨거운 인기인 인상파 미술에 관심이 있는 사람들이 그 뿌리를 찾으려 할 때 대신할 수 있는 공간으로 자리매김하겠다는 생각이었다.

이에 1977년 야마나시현 의회에서는 밀레의 〈씨 뿌리는 사람〉을 구입하는 건을 승인하게 되었다. 시의 예산으로 밀레의 대표 작품을 처음으로 구입하자 이 지역 방송국 사장과 은행까지 밀레 작품 구입에 자금을 지원하면서 시 전체가 들썩거리는 일로 발전하였다. 이에 시에서는 더 자신 있게 밀레를 포함하는 동시대 프랑스 풍경화 작가의 작품을 수집할 수 있었다.

그 결과 1978년 미술관은 지역민의 환영과 함께 개관하였고, 계획대로 관람객의 발걸음은 꾸준히 이어졌다. 2006년까지의 관람객 수가 총 1000만 명을 돌파하였다고 하는군. 개관 이래 연평균 35만 명의 관람객이 방문한 것이다. 2006년까지의 기록 이외에 현재 기록은 미술관 홈페이지에 나와 있지 않아 알 수 없지만, 2010년대에 들어와 더 가파르게 관람객 숫자가 늘어난 것은 분명해 보인다. 내가 방문했을 때 그런 느낌을 받았다. 첫 개관 때와는 달리 지금은 일본인뿐만 아니라 한국인, 중국인, 서양인까지 보이는 게 자연스러웠으니 말이지.

현재 이 미술관은 밀레 작품을 포함하여 총 1만여 점의 작품을 소장 중이다. 미술관이 개관한 이후에도 꾸준히 소장품을 늘려왔으며, 지역을 기반으로 하는 일본 작가들의 작품도 꾸준히 기증을 받으면서 만들어낸 성과였다. 결국 관광으로 인한 이익 외에도 이 지역과 떼려야 뗄 수 없는 지역민과 함께하는 공간이 된 것이다.

자. 이를 볼 때 1) 시작 때에는 시가 먼저 모범을 보이고, 2) 어떤 작품을 보여줄지 충실한 계획을 짜며, 3) 흔들림 없이 일을 추진할 때, 4) 지역민들도 큰 호응을 하며 반응을 보이게 되고, 5) 뜨거운 호응에 따라 필요한 돈 역시 기부 등 얻을 수 있는 방법이 다양하게 생긴다는 것을 알 수 있다. 솔직히 유럽, 미국도 아닌 일본의 한 작은 도시가 1970년대에 했던 일을 현재의 우리가 못한다는 것은 단순히 상상력의 빈곤과 핑계일 뿐이라 생각한다. 하물며 1970년대에

도 일본의 한 작은 도시는 과감하게 자신들의 능력 한도에서 한 시대를 대표하는 작가의 대표 작품을 구입했다. 반면 현재 한국의 시계는 21세기 중반을 향해 가고 있는 중이다.

마지막 언급

마지막으로 뮤지엄에 대한 사전적 의미를 한번 살펴보기로 하자.

"고고학적 자료, 역사적 유물, 예술품, 그 밖의 학술 자료를 수집·보전·진열하고 일반에게 전시하여 학술 연구와 사회 교육에 기여할 목적으로 만든 시설."

그렇다. 뮤지엄은 작품의 수집, 보전, 진열, 전시가 목적이며, 이를 통해 공공 의무, 즉 사회 교육에 기여할 목적으로 만들어지는 것이다. 이는 뮤지엄 자체부터 하나의 역사적 공간으로서 의미를 가지고 있기 때문이다. 쌓여가는 소장품과 전시 목록 자체가 그 시대, 그 공간을 함께한 관람객과 쌓아온 축약된 역사라 할 수 있으니까.

자. 그럼 정의를 살펴보았으니 다시 한 번 중요한 것을 언급하고 이야기를 마치겠다. 처음부터 수차례 반복하는 이야기이나 마지막으로 기억을 환기시키는 의미에서 말이지. 박물관과 미술관은 전시되는 건물이나 내·외부 디자인도 물론 중요하지만 무엇보다 중요한 것은 소장한 컬렉션이다. 그리고 그 컬렉션은 우리 지역, 우리나라, 더 나아가 가능한 한 아시아 전체를 보아 경쟁력이 있는 것이라야만 독자적으로 오랜 기간 지속 가능성을 지닌 채 살아남을 수 있는 시대가 되었다.

이에 번득이는 아이디어와 쉽게 모방할 수 있는 가벼운 현대 미술로 미술관을 만드는 것은 크게 권유하고 싶지 않다. 일본의 가나자와21세기미술관(金澤21世紀美術館)이 크게 흥행한 이후 한국에도 비슷한 콘셉트의 미술관이 우후죽순으로 생겨났다. 아무래도 가격이 비싼 명화가 없어도 아이디어를 통해 미술관이 흥행할 수 있다는 점에 큰 관심을 보였나보다. 물론 일부 성공한 곳도 있으나, 대부분 첫 시도에서만 주목을 받다가 시일이 지나며 운영이 힘들어진 경우가 많다. 이는 설사 처음 반응은 좋을지라도 유행에 따라 그 반응을 유지하는 것이 굉장히 힘들며, 전시 내용에 따라 관람객 수가 늘어났다 줄어들었다 하는 것으로 인한 미술관 내부 인원들의 에너지 소비도 상당하기 때문이다. 결국 시간이 지날수록 한계에 부딪치는 아이디어와 실적 부담이 문제이며, 더불어 전시를 통해 획득한 소장품 98%가 그 가치를 거의 유지하지 못한다. 아니, 무엇보다 이런 콘셉트의 미술관은 작품 소장 자체를 잘 하지 않으려 한다. 한마디로 예술이 단순히 소비되어 사라지고 있는 것이다.

또한 최근 들어 아예 상설 전시는 포기하고 기획 전시에 특화된 전시관도 늘어나고 있으니, 이는 도쿄의 모리미술관(森美術館)이나 국립신미술관에서 영향을 받아 유행하는 모양이다. 이들 미술관은 기존의 뮤지엄과 달리 컬렉션 상설 전시를 하지 않고 기획 전시로만 운영하겠다고 하여 주목을 받은 곳이기 때문. 사실 이런 형식의 전시관은 일본 외에 다른 국가에서도 주요 컬렉션을 구축하지 못한 후발 주자 전시관들을 중심으로 꽤 늘어나는 중이다. 그러나 컬렉션이 없다는 것은 전시에만 특화를 하겠다는 의미인데, 이는 곧 뮤지엄이 지녀야 할 목적 중 수집, 보전을 포기하겠다는 의미이기도 하다. 이런 공간은 결국 전시와 흥행 등 상업성에만 목적을 둔 빈껍데

기의 뮤지엄이 되는 것이다.

결국 훌륭한 뮤지엄이라면 한 걸음 한 걸음 가능한 한 최고의 작품을 수집하면서 시작해야 한다. 앞서 보듯 최고 명품은 관람객을 어떻게든 끌어모으기 때문이다. 아, 아니. 명품 단 한 점만 제대로 갖추어도 올 사람은 온다. 당연히 그 명품이 국제적 명성을 지니고 있으면 국제적으로 사람들이 모인다. 그리고 그 바탕에 기획전, 뮤지엄 건물, 카페, 사진 찍기 좋은 장소, 번뜩이는 아이디어, 관람객과의 소통 등이 결합되어야 진정한 공공재로서의 가치를 지닌 뮤지엄이 될 수 있다.

이 중 이집트 고미술은 내가 그동안의 경험에 따라 고민하여 세계적 미술품임에도 최소의 비용으로 가능성이 높은 것을 추천한 것이고, 각자 실력껏 흥행과 더불어 최소한 아시아에서 최고 수준으로 보여줄 수 있는 내용을 찾아보면 좋겠다. 즉, 이제부터는 보여줄 최고 수준의 콘텐츠를 먼저 고민하고 박물관, 미술관을 건립하도록 하자.

더 솔직히 단도직입적으로 말하자면, 한국도 이제 다른 여러 선진국처럼 당당하게 이집트, 그리스를 넘어 세계 예술사에 중요 작가로 기록된 위대한 예술가의 1000억 원 넘는 작품을 구입하여 대중들과 함께 관람하는 시대를 열 때가 왔다. 비싼 작품이라는 관념에서 탈피하여 세계 예술사에 기록된 대가의 작품이니 그만큼 합당한 가격이라 생각하는 쪽이 먼저 주목받고 뛰어나갈 수 있는 시대인 것이다. 그리고 이를 함께 보고 즐기겠다는 공동체 의식이 필요한 시대이기도 하다.

에필로그

 본문을 인상파, 이집트 주제로 세계적인 뮤지엄
을 세우는 것을 목표로 채웠으나, 책 마지막이 되니
현재 한국 뮤지엄 상황의 안타까움도 잠시 언급해야
겠다는 생각이 든다.

 뮤지엄 문화를 특히 좋아하는 나는 전국에 있는
박물관, 미술관을 종종 방문하곤 한다. 그런데 서울
용산에 위치한 국립중앙박물관을 방문할 때마다 매
번 안타깝게 느끼는 점이 있다. 한국인이 A급 삼국
시대 금동 불상, A급 고려청자, A급 조선백자, A급
조선 회화 등을 보기 위해서는 거의 반드시 서울에
와야 한다는 현실이 그것이다. 그 때문에 지방에 사
는 누군가는 그 대단하다는 고려청자 중 A급 하나 보

는 것이 평생 한 번 쉽지 않다. 유물 질에 있어 B~C급은 지방에 남기고 대부분의 A급은 서울로 옮겼기 때문. 이처럼 현재 서울과 지방 간 문화생활 수준의 불균형은 대단히 심각할 정도라 하겠다.

하지만 이렇게 국가의 대부분 자산을 집중한 국립중앙박물관에 과연 외국인은 어느 정도 방문하고 있을까? 한국을 대표하는 국립중앙박물관이지만 외국인 관람객은 전체 관람객의 4% 미만으로 알려지고 있으니, 국제적 명성을 지닌 세계적 박물관들과 비교하면 솔직히 너무나 형편없는 수치라 하겠다. 냉정하게 말하자면 한국에서만 골목대장이고 국제적으로는 큰 관심을 못 받는 상황인 것이다. 이런 상황은 미술관 역시 마찬가지다. 국립현대미술관 역시 관람객 대부분은 한국인이며 소장품은 한국 것이 95% 수준이다. 국제적 명성을 지닌 세계적 미술관들과 비교하면 경쟁력이 거의 없다 해도 과언이 아니다.

결국 세계적인 작품을 우리 것과 함께 가지고 있을 때 박물관과 미술관도 세계적 뮤지엄으로 발전할 수 있다. 그리고 이렇게 세계적인 작품이 함께 있을 때 진정 우리가 만든 것이 세계사에서 어떤 위치에 있고 어떤 가치를 가지고 있는지 객관적 평가가 가능해진다. 예를 들어볼까? 오사카에는 오사카시립동

오사카시립동양도자미술관. 이곳처럼 중국, 한국 A급 도자기를 함께 비교할 때 한국 도자기의 가치가 더욱 살아난다. 이는 곧 한때 골목대장인 줄 알았던 K-Pop이 세계 음악과 비교 경쟁하며 세계적인 음악으로 성장한 것과 마찬가지다. 고려청자가 만들어질 당시도 지금의 K-Pop처럼 세계적인 것과 비교 경쟁하며 성장했기 때문. 이것을 제대로 뮤지엄에서 설명해주는 것이 고려청자의 진정한 가치를 설명해주는 방법이라 하겠다. ©황윤

오사카시립동양도자미술관 소장품으로 목이 긴 청자는 중국 남송 관요,
꽃 모양의 접시 두 개는 고려청자, 큰 물고기가 그려진 항아리는 중국 원
나라 청화백자, 물고기가 그려진 백자는 조선백자. ⓒ황윤

양도자미술관이 있다. 이곳에는 중국, 한국, 일본의
도자기가 전시되어 있는데, 황제가 사용한 최고 명
품이라 칭송받는 청자인 중국의 여요(汝窯), 관요(官
窯)를 소장하고 있어 국내외 관람객이 방문하는 유
명한 장소이다. 그런데 이곳에 함께 전시 중인 고려
청자가 동일 공간에서 중국 최고의 청자라는 여요,

관요와 비교해도 전혀 꿀리지 않는 자태를 선보이고 있으니, 동시대 고려청자가 정말 대단했다는 것을 객관적으로 이해할 수 있게 된다. 본래 명품인 만큼 동시대 최고의 명품과 비교해야 그 가치가 더 살아나는 것이다.

이런 형식의 전시는 한국 추상화의 대가 김환기와 미국 추상화의 대가 마크 로스코를 함께 전시한다든지, 한국이 자랑하는 국보 반가 사유상을 인도의 간다라 또는 중국의 반가 사유상과 비교하는 방식 등으로 충분히 발전시킬 수 있다. 이때 비로소 한국의 A급 작품 역시 세계적인 A급 작품과 비교해도 명품이라는 것이 알려지며 더 많은 주목과 관심을 얻을 수 있는 것이다. 또한 어떤 미술사의 흐름에서 한국에서 해당 작품이 탄생했는지도 이해할 수 있다. 하지만 이런 모습을 한국을 대표하는 뮤지엄인 국립중앙박물관, 국립현대미술관은 그동안 제대로 보여주지 못했다. 그저 서울에다 독점하듯 욕심껏 A급 한국 작품을 가득 모아두는 바람에 지방에는 문화적 박탈감을 주고, 서울에 가득 모은 작품들 역시 이들이 지닌 세계사적 의미와 가치는 설명하지 못하여 오히려 그 빛을 국내용으로 가두고 있는 상황이다.

그럼 한반도 역사에서는 해외 작품을 수집하여 한국 작품과 함께 감상하던 시대가 과연 없었을까?

곽희 〈조춘도(早春圖, 1072년)〉. 대만 국립고궁박물원 소장. 《보한재집》
에 따르면 안평대군은 곽희 작품을 17점이나 소장하고 있었다 하며 이중
에는 〈조춘도〉 형식의 산수화도 여러 점 포함되었다. 곽희는 송나라 때
이상주의적 산수화 양식을 완성한 인물로 그의 이론과 화법은 이후 수백
년간 동양화에 큰 영향을 끼쳤다. 이는 조선이 당시 동양화에서 이를테
면 모네급 대가의 작품을 대거 소장하고 있었음을 의미한다. 조선 초기,
〈몽유도원도〉로 유명한 안견이라는 대가가 등장하는 배경이기도 하다.

조선 세종의 셋째 아들이자 예술적 감각이 뛰어났다는 안평 대군이 17세부터 10년간 수집한 작품 (1435~1445)을 신숙주가 《보한재집(保閑齋集)》 화기 (畵記)에 기록한 적이 있었다. 당시 총 222점의 안평 대군 수집품 안에는 동진 화가 고개지의 작품을 비롯해 당나라의 오도자, 왕유, 송나라의 곽충서, 이공린, 소동파, 곽희, 곽충서, 문동, 원나라의 조맹부, 선우추, 유백희, 나치천, 마원 등 중국 5대 왕조 화가 35인의 작품이 있었다고 한다. 다들 동아시아 예술 세계에 있어 국제적인 명성을 지닌 전설 중 전설 같은 인물들이라, 만일 지금까지 남아 전해져 왔다면 하나같이 국보나 보물로 지정되었을 내용이다. 이런 기반이 있었기에 안평 대군은 서예에 있어 중국 명나라에서도 놀라워하는 국제적 예술가로 성장할 수 있었고, 안평 대군의 지원 아래 안견은 〈몽유도원도(夢遊桃源圖)〉라는 전설적 작품을 그릴 수 있었다. 즉, 당시에는 중국 최고 명품과 안평 대군 및 안견의 작품이 함께 감상되었던 것이다.

실제로도 세종 시대 조선은 매우 강성하여 북으로는 여진을, 남으로는 대마도 및 일본 규슈 지역을 적극적으로 관리하였으며, 외국인이 귀화를 결심하거나 관직을 받는 경우도 많았다. 이에 명나라 역시 조선을 높게 평가하여 다른 주변 국가들에 비해 특별히 더 많은 고급 물건을 조선에 지원하고 교류하였다. 이러한 국제적 영향력 속에 갈수록 문화 수준은 높아졌으니, 그 결과 한글이라는 결정체까지 완성한다.

그리고 이제 다시 전성기를 맞이한 한국은 근대 이후 패배주의적 사고방식에서 탈피하여 남다른 국제적 영향력을 발휘하고 있다. 사실 잊힌 것일 뿐 이런 시기는 한반도의 긴 역사 중 이미 여러 번 경험했었다. 앞에서 예를 들었던 조선 초가 있으며 고려, 통일 신라, 백제, 고구려 등의 전성기에도 마찬가지로 남다른 국제성을 보였기 때문이다. 이때도 한반도 국가들은 외국의 예술, 문화, 제품 등을 적극적으로 수입, 비교하며 발전하였고 그 결과 국제적으로 경쟁력 있는 자국의 것을 만들어냈다.

결국 서울에 모든 한국의 보물을 대거 집중시키는 것보다 지방의 박물관이나 미술관에 여러 한국의 보물들은 배분해 나눠주고, 그 대신 서울에는 외국 작품과 함께 우리 작품의 세계사적 의미를 설명하는 코너를 구성하는 것이 필요하다. 이때 비로소 국내 뮤지엄 문화가 전반적으로 크게 상승하는 기회가 만들어질 것이다. 당연히 외국인 관람객의 국내 뮤지엄 방문 숫자도 크게 늘어날 테고 말이지. 국립중앙박물관과 국립현대미술관이 우물 안 개구리처럼 나 혼자

잘난 척 뽐내는 공간을 계속 유지하는 것이 아니라,
세계의 흐름 속에서 한반도 위치를 국제적 기준에 두
고 설명해줄 공간으로 재탄생되기를 진정 바란다.

참고 문헌

100 Masterpieces in Detail, Rose-Marie Hagen · Rainer Hagen, TASCHEN, 2015년

Basic Art Series. TEN in ONE. Impressionism, TASCHEN, 2019년

Cairo(도록), TBSテレビ, 2015~ 2016년

Cleopatra and The Queens of Egypt, 東京國立博物館, 2015년

Gauguin, Ingo F. Walther, TASCHEN, 2017년

Ghichu Handbook, 地中美術館, 2005년

Impressionist Art, Ingo F. Walther (EDT), TASCHEN, 2016년

MIHO MUSEUM catalogue of the Miho Museum(The South Wing), the Miho Museum, 1997년

Monet, Christoph Heinrich, TASCHEN, 2011년

Monet or the Triumph of Impressionism, Daniel Wildenstein, TASCHEN, 2014년

Paul Cezanne: 1839-1906 Nature Into Art, Hajo Duchting, TASCHEN, 2003년

Picasso, Carsten-Peter Warncke, TASCHEN, 2006년

Queens and Goddesses(도록), 東京都美術館, 2014년

The Golden Pharaohs and Pyramids ~ The Treasures from the Egyptian Museum,

Van Gogh, Ingo F. Walther, TASCHEN, 2016년

Van Gogh, The Complete Paintings: Etten, April 1881 - Paris, February 1888, Ingo F. Walther, Metzger Rainer, TASCHEN, 1993년

國立西洋美術館開館60周年記念 松方コレクション展(도록), 國立西洋美術館, 2019년

동양미술 100선, 도쿄국립박물관, 2012년

北齋とジャポニスム HOKUSAIが西洋に えた衝擊(도록), 國立西洋美術館, 2017년

왕들의 계곡, 오토 노이바트, 이규조 옮김, 일빛, 1999년

유물로 읽는 이집트 문명, 김문환, 지성사, 2016년

이집트 보물전(도록), 국립중앙박물관, 2016년

파라오와 미라(도록), 국립중앙박물관, 2009년

파라오의 역사, 피터 A. 클레이턴, 정영목 옮김, 까치, 2002년